Ballet in the desert

沈睿 著

# 荒原上的芭蕾

动物与人散记

商務印書館

涵芬楼文化 出品

# 自序：打开一个新世界

　　昨天，本想给我即将出版的散文集《荒原上的芭蕾——动物与人散记》写一篇序，却在我所在的一个学者通讯网上看到一篇报道——《二十年穿铁衣取胆汁，母熊含泪杀小熊》。我跟着打开网上的链接，阅读那篇报道，那些令人惊骇的照片——铁栅栏后那些绝望、颓唐、无辜、困惑的黑熊的表情，深深地打动了我。我无言，几乎无法抑制自己的愤怒，我想，我写不了自己这本书的序言了。我坐在桌子前，空攥着两手的愤怒。

　　这篇报道讲的是中国某些人为了取熊胆汁卖给中药部门，在家里养黑熊。这些人把黑熊关在笼子里，用小的铁管插入熊胆里，每天取熊的胆汁。高大的黑熊要在这种折磨中生不如死地活二十年。我不知道这篇报道是否属实，在这个假新闻和其他一切假的事物充斥我们社会各个方面的时代，我不敢十分相信这条报道，但是我相信这样的事情存在于中国。

　　据很多非常骄傲的民族主义的志士仁人们说，中华文明有五千多年的历史。我不太相信，我觉得三千年（从甲骨文算起）还算略微靠谱。三千年的文明是一个什么概念呢？人类的历史有几十万年了，人类在文字文明未出现之前，只是大地上的一个种类，一个跟

1

其他动物没什么区别、试图在这个森林法则指导的地球上生存的种类。但人类靠自己独特的智力优势，自西方文艺复兴以来，相信自己是世界的主宰，于是一个征服世界、杀戮其他种类的现代故事就此上演。

　　人类的现代故事或现代化进程就是相信自己与其他在地球上共存的种类不同的过程。在这个过程中，人类开始大肆屠杀其他种类——动物、植物等一切人类可以直接获利或不能直接获利的种类。人征服世界，也就是从这个角度，我看到人类的以自我为中心的野蛮。现在世界上，每天都有某些动植物在灭亡，每天都有某些动植物在种族灭绝的边缘挣扎。美国诗人W.S.默温（Mervin）说："以这样的速度，也许用不了一百年，世界上大多数动植物都会灭绝了。我们生存的生物链就会被毁掉。"默温说这个话的时候，是1991年，全球变暖这个问题还没有出现。而现在，全球变暖日益严重，并随之带来种种危机，人类有能力逃避自己造成的灾难吗？

　　中华文明的三千年，中国人对动植物的理解真是太浅了。如鲁迅所说，一本《山海经》总结了中国人对异己世界的理解和想象，而中医的基础之一中草药，既是中国人根据实践对动植物功能的总结，又是古代中国人对动植物的臆想：吃牛鞭可以让男人的生殖器变大变强，喝熊胆汁能"利胆、溶石、明目、杀虫……"，是事实还是想象？熊胆汁居然有杀虫功能？以中药的名义去杀老虎取虎骨，杀鹿取鹿角、鹿鞭、鹿茸、鹿血……中华文明在理解和杀戮其他动物时，充满狂乱的、与事实无关的想象。

西方杀戮动物的历史也是一个以人为中心的野蛮的历史。记得在俄勒冈州东部一个野生动物保护地的展览室里我看到一张照片，几个白人站在他们杀戮的上千只牦牛的牛皮上，得意地狂笑着。古往今来，为了利益和金钱，人类不择手段。所幸的是，在现代化进程中，西方一些充满同情心的人士，开始了动物研究和保护运动。正是他们的努力，西方人开始理解动物，开始以现代的理解的眼光，看待与人类共存的各种动植物。西方的动物研究、保护运动产生了一个独特的文学种类——动物文学，它用优美简洁的文字描述动物，不仅给人们知识，还给读者以启发和阅读的快感。西方社会在动物研究、保护和对动物的哲学思考上，远远地走在中国的前面。

中国，在我的童年、少年时代，中国是不允许养宠物的。宠物被看成是被唾弃的资产阶级生活方式的一部分。在北京，我没有见过任何人家里养狗。在我出生之前，据说是家家户户房檐下都有的小小的麻雀导致了人们的饥荒。麻雀吃粮食很多，一只麻雀一年要吃掉七斤粮食（**不知道是哪个科学家给的数据**）。当时，要求全国人民除掉麻雀，并且，有一天连乌鸦也要除掉。突然，中国大地一片打麻雀之声。全国的大人小孩都站在自家的院子里轰赶麻雀，令他们不停地飞、不能停，直到他们都累死，从天上掉下来。这是怎样荒谬的景象呢？我成年以后很想理解中国的当代文化和历史，想象全民打麻雀的景象，我常常极度惊异，因为太荒谬、太可笑、太不合常理。但是，这样的荒谬一直是当代中国政治生活的一部分。

在中国传统的不理解动物的文化和当代荒谬的政治社会里长大，我对动物的了解几乎为零。直到来到美国，直到我有了自己的第一只猫，直到我天天跟家里的狗密切接触，我才发现一个不同的世界，一个我以前没有接触和思考的世界——原来动物是有语言、有智力、有感情的。我开始记录我对这些身边动物的观察，我开始看关于动物的书。我写的这些文字，都是自己生活和旅途中所遇到的动物。我在动物方面的知识非常有限，我的目的也很简单：通过自己与动物接触的经历，介绍给读者一个看动物和理解动物的新角度，一个看人类和理解人类的新角度。

我开始写这些文字时，中国还没有动物保护协会，更没有任何动植物保护网站。而现在中国的各种动物保护协会真如雨后春笋般涌现，各种协会都在尽自己的努力，保护我们的生存家园。越来越多的人也开始理解、保护动物，我非常高兴看到这些变化和进步。我希望能跟爱动物的人一起分享我对动物的感觉、感情和思考，理解跟人类一样在地球上生存的动物是人类文明的一部分，是人类理解自己的一部分。

当然，除此之外，我也希望我的文字是好看的文字，能打开了一个新世界，给我、也给每一个读者。我尽量让这些文字有趣、有想法、有独到的见解，能让读者读下去，并且读完之后，能产生一点新的不同理解和感受，特别是对动物与人的关系有一点新的不同的理解和感受。向读者们提供新的思想、新的感受、新的视角，也许就是这些文字的终极目的。

中国的动物研究以及写出来给一般读者看的关于动物的书籍，简直少得可怜。在美国，有一些人认为中国没有自己出色的动物学家，没有简·古德尔（Jane Goodall）。我没有赶上一个可以想象自己做动物研究的时代，在我的少年时代，我甚至不知道有这种研究的存在。我希望年轻的读者在读了我的这本书之后，有人能下决心要做中国的动物学者或动物写作者。这种希望是不是奢侈？回忆我自己的成长经历，我想如果小时候有一本描述动物的书，激发我对动物的兴趣，也许我真的会成为一个研究动物的人。所以，我对本书满怀希望，希望它能唤起人们对动物的热爱。

　　写序的此刻，正是黎明，天空中传来猫头鹰高一声低一声的叫声，是猫头鹰母亲在呼唤小猫头鹰回家，是猫头鹰母亲在叮咛嘱咐孩子。猫头鹰的叫声在黎明的天空里回荡，我在猫头鹰的叫声中醒来，我能听懂这些叫声，我希望自己的文字也如这叫声，送去我对这个世界下一代的关注与期冀。

　　仅以此序献给帮我打开了这个新世界的Charles R. Crispen 医生。

2011年2月22日星期二

于美国马里兰州南山崾

# 目 录

自序：打开一个新世界

天 蓝 色 的 蜥 蜴

蜥蜴是一种貌似武士的动物。他们身上的盔甲看起来就像是中世纪武士的战盔。他们的四肢强健灵活，小小的头，一双大大的警惕的眼睛，身后拖着一条与他们的身体相比巨大的尾巴，有时比他们的全身还长，好像是随身带的炮箭。他们站着的姿势也是警惕和进攻型的，两只前脚提起，后脚有力地撑着身体，看起来像是一个小小的武装到牙齿的士兵。他们的个子不大，大的也就七八英寸长，小的幼崽不到一寸。他们的颜色是褐色的，背上有红色或黑色的斑纹，头是浅褐色的，眼睛是稻草的黄色，他们的皮肤是多层的，看起来好像铁皮似的，坚固，防身。我们家的房子周围住着很多蜥蜴，也许有三四十只，或者更多，我没法数到底有多少，他们在门前门后的花园里出没巡游，在游泳池旁的草地花坛里进进出出，好像是我们的卫戍部队，在房子的周围布下天罗地网。

我对蜥蜴，有种古之原民对神祇的原始恐惧。小的时候，住在古风依存的北京城内，我们家的四合院的街墙上偶尔会有蜥蜴趴在那里。我们叫他们壁虎。夏天的夜晚，在路灯下，一只壁虎的出现会是一个激动人心的事件。如果看到一只壁虎，小孩子们就会大叫起来，又新鲜又刺激，好像是特大发现似的，惊的左邻右舍乘凉的人问出了什么事。"壁虎，有壁虎！"男孩子一听，就会立刻围拢过来，佯装勇猛地用木棍或其他能拿到手中的工具，攻击趴在墙上一动不动的壁虎。我每每在远处看他们攻击壁虎，除了对壁虎在路灯下影影绰绰的样子感到格外恐惧外，还为壁虎感到可怜，因为他被人吓得动也不动，任人宰割般地无助。孩子们唧唧喳喳，谈论着壁虎。从孩子们的交谈中，我得知壁虎是可以换尾巴的动物。如果他的尾巴掉了，他可以再长一个新的。好像一个人的胳膊掉了，再长一只，神秘而神奇。那些围攻壁虎的孩子们，试图砍掉壁虎的尾巴，然后等待那只不幸的壁虎长出新尾巴来。我对这个过程更为好奇，想象另一只尾巴会神秘地立刻长出来，像变魔术似的。一次，有只不幸的壁虎在乱打乱攻中败下阵来，掉在地上，尾巴被切掉了，好像死了一样躺在地上。孩子们的激动逐渐平静了下来，最后，其他孩子的精力似乎都耗光了，走了。一直躲得远远的我，一方面被恐惧所慑，害怕壁虎；另一方面，又不想浪费这个千载难逢的机会，没有别的人，只有一只在努力长尾巴的壁虎，如果我能走过去，看尾巴是怎样长出来的，会多好！我挪动自己，逐渐向那只壁虎靠拢，小心翼翼地，好像我在靠近一颗随时会爆炸的地雷。不知过了多久，我终于靠近壁虎了，离壁虎大概有一米的距离。我做着随时准备逃跑的姿势，伸长脖子，仔仔细细地观察那只壁虎。他的土灰色的脊背上的鳞甲好像被打碎了，尾巴没有了，躺在地上一动不动。我想，他是不是在努力地长尾巴，然后再逃跑呢？我盯着他的尾巴的部位看，没有看到新的尾巴长出来，一点儿长尾巴的痕迹都看不出来。我靠近了一点儿，看到他的眼睛紧紧地闭着，四肢都蜷曲着，显然是痛苦的样子。我不记得自己到底在那里站了多久。我记得第二天一早，我就跑到原地去看他是不是还在那里。壁虎已经不在了。也许，他的尾巴长了一夜，终于长出来了，他逃走了吧。

为什么这么多年我会恐惧蜥蜴？我也说不上来。蜥蜴好像预示着某种神秘的力量，诡秘的性格，好像有巨大的毒素，在我的印象中，一旦蜥蜴咬了人，人就会死，也许是对死亡的恐惧使我害怕蜥蜴。而且，蜥蜴长得接近鳄鱼，鳄鱼是多么可怕，血盆大口，蜥蜴好像也具有这种特征。因此，我对蜥蜴从来都没有什么好感。好像中国人对恶鬼的态度，我对蜥蜴既敬而远之，也畏而敬之。

然而，蜥蜴和我现在能够很友好地相处了——我不再怕他们，也对他们的存在习以为常，还对他们的生活很感兴趣。首先帮助我改变态度的是老公。他热爱蜥蜴，把蜥蜴当成宠物豢养。他过去有一只特殊的蜥蜴，是一个印第安人的朋友——他最好的朋友之一，其实是一个住在西雅图的建筑师——送给他的。老公视这只蜥蜴为至宝。每天都把蜥蜴装在一个特制的笼子内，带着他上班。好在老公的病人都是孩子，美国的孩子们没有中国孩子的文化观念，也都喜爱蜥蜴。老公说，他每天上班，把蜥蜴放在病人的候诊室里，孩子们就围着蜥蜴，跟蜥蜴玩，蜥蜴是他们的玩伴。老公甚至骄傲地说，有些家长，孩子没病的时候也带孩子来到诊所，就是来看蜥蜴的。那只蜥蜴远近闻名。有一次，他从笼子里逃跑了，不小心逃到了汽车的引擎里，发出呼救的叫声，可是老公却找不着他。结果，他只得把车开到汽车站，请机械师把他找出来。去年春天我和思彬去买车，在汽车商那里坐着等办手续。一个人走过来说，"你们家的蜥蜴怎么样了？"我听了不知所云。思彬笑着说，他终于逃跑了，不知去了哪里。我问是怎么回事，思彬说他就是那个找到蜥蜴的机械师。而且，这个机械师的孩子是他的病人。我有时想思彬如果在中国当大夫，肯定不会有病人，哪个家长会带孩子看把蜥蜴当宠物的医生呢？在这里，养蜥蜴的儿科医生，简直是个美谈——他自己就是一个永远没长大的孩子，难怪思彬年年都被本地报纸评为最好的儿科医生。

思彬说，首先，蜥蜴不咬人。其次，即使出于自卫，咬了攻击他的人，也没毒，至少不会把人毒死。因此，不必见蜥蜴如临大敌。蜥蜴本身就不是敌。为了证明他的话，他去抚摸一只蜥蜴的身体，蜥蜴吓得立刻逃窜了。我忽然意识到自己多年的恐惧是出于无知和盲信。一个如此高大的人，怎么会恐惧那么小的一个小动物？如果按人和蜥蜴的比例算起来，如果我遇到一个比我大数十倍或上百倍的动物，是我怕他呢还是他怕我？

虽说我理论上想通了蜥蜴的问题，但感觉上我还是对蜥蜴有些距离。我是不会去抚摸一只蜥蜴的，这让我太别扭。我也不会去和蜥蜴玩，蜥蜴也许没毒，但蜥蜴也没什么好玩的。可是，有一天，一只蜥蜴走进了我的生活。那天，我正坐在后院凉台的遮阳伞下看书，忽然听到拍水的声音，抬头一看，一个什么小动物，掉进游泳池里了，在水里挣扎。仔细一看，是一只蜥蜴。我站起来，拿网把那只挣扎的蜥蜴捞了出来，放到岸上。出乎我的意料，这只蜥蜴尾巴的颜色是天蓝色的，整个身体也呈褐蓝色。我还从来没有见过褐蓝色的蜥蜴，更没有看过天蓝色尾巴的蜥蜴。他的天蓝色的尾巴看起来好像是闪光的剑，阳光下夺目耀眼。我惊叫起来：天哪，天蓝色的蜥蜴！思彬听到我的喊声，问怎么回事。我大声地宣告，这里有一条天蓝色的蜥蜴，很奇怪！思彬走过来看看，说，这个天蓝色的蜥蜴家庭已经住在那里很久了，但是也很久没有看到他们了，今年又出现了，显然他们是从什么地方又搬回来了。听思彬的话，别人会以为他在谈论什么邻居，哪里像是谈论蜥蜴。我目瞪口呆地看了他一眼，不明白自己怎么和这个怪人一起生活得很快乐。不理他，回到椅子上去看书。那只被救的蜥蜴，喘过气来后，挪动身体，也爬走了。

我从此几乎天天都看见这只天蓝色的蜥蜴。他好像特别喜欢在游泳池旁边待着。我后来发现是因为游泳池旁边有很多小昆虫，这只蜥蜴喜欢逮昆虫吃。他的战术是在游泳池旁趴很长时间，也许他整天都在那里趴着，守株待兔，等其他昆虫以为他是自然的一部分，他会突然张开大嘴，把昆虫猛然吸食到口里。还有就是他喜欢头朝下趴在游泳池的边缘，头差不多够着了水，但是又没有沾到水，似乎在看自己的倒影。这是一个自恋型的蜥蜴，或许他继承了古希腊纳西索斯的自恋精神，在看自己的倒影中深深地爱上了自己，不然他怎么一看就是好几个小时？

为了这只天蓝色的蜥蜴，我开始看有关蜥蜴的书。我了解到，在我们家住的蜥蜴主要是两种。那种褐色的、带红条斑纹或黑条斑纹的蜥蜴与鳄鱼是近亲，他们主要生活在我们这个地区，俄勒冈南部和加州北部地区，是一种喜欢与人共存的蜥蜴，因为他们喜欢在木屑和茂密的林木中生活，特别喜欢在砍成树墩状的烧火用的木柴中栖身。我们家冬天的主要取暖方式是烧原木，家中的原木堆在外面，像小山一样，难怪我们的家好像是蜥蜴的大本营。这只天蓝色蜥蜴本是生活在美国的南部的，天晓得怎么出现在我们的园子里，天蓝色的蜥蜴是蜥蜴中吃同类的动物。我倒真没看出来，这只漂亮的蜥蜴是一个吃其他蜥蜴的恶魔。蜥蜴的主要食物是蜘蛛和其他小昆虫，偶尔大的蜥蜴也会吃鼠类等小动物，但是大部分蜥蜴的捕食对象是昆虫。我们住的地区是昆虫的天堂，所以这些蜥蜴有的是食物。有意思的是蜥蜴不是贪吃的动物，由于是冷血动物的原因，他们吃得很少。一只体积和蜥蜴差不多大的鸟，因为是热血动物，一天吃的东西够一只蜥蜴吃五个星期的。难怪天蓝色的蜥蜴每天大部分的时间都是在看自己水中的倒影，日子过得极为悠闲，不像人为财死鸟为食亡似的忙碌不停。蜥蜴懂得真正地享受生活。我觉得应该提倡像蜥蜴那样生活，不要吃得太多，也不需要吃得太多。

对许多美国的印第安人来说，蜥蜴是通向梦乡的守门人。对南太平洋上的土著居民来说，蜥蜴是人和神之间的信使，他们本身也享受着半神的待遇。我猜中国的麒麟大概就是想象的蜥蜴的变种，因此也是神明的动物。有人说，如果你和蜥蜴有精神上的联系，你就有了通向梦乡的钥匙，你不但是一个大地上的梦游者，还是大地上传布梦想的人。我常常观看蜥蜴的生活，一看就是好几个小时。他们在木头中用大眼睛向外观看，他们慢吞吞地散步，他们友好地相处——我从没有看到过蜥蜴打架。据说他们搏斗的时候，会像真正的武士一样。我经常看呆了，像是看电影。这也许证明了我是一个梦游者，或者我离梦乡不远了。

最后我要讲一个蜥蜴女儿国的故事。美国西南部的一种蜥蜴，科学分类上叫"新墨西哥摇尾"蜥蜴，是自然界的一个奇观和奇迹，因为这种蜥蜴是自己克隆自己，组成蜥蜴的女儿国。所有这个种类的蜥蜴都是母的，没有一只是公的。她们如任何其他种类的蜥蜴一样，只有一点儿不一样，她们没有性繁殖。在这个种类的蜥蜴中，母蜥蜴自己担当生育的工作，她不是生小蜥蜴，她是克隆小蜥蜴。她的卵子里包含所有的生殖信息密码和全部的染色体，不需要精子，卵子本身便成小蜥蜴。克隆造成的结果是所有的蜥蜴，连细节都一模一样，变体极为稀少。她们都差不多六英寸长，身上有横条纹和竖斑纹，皮肤呈深蓝色，她们都是母的。这个种类的蜥蜴的繁殖方式被称为"处女生育"，因其卵子不需要与精子结合而生产。这种繁殖方式在18世纪就发现了，科学界一直以为这是低等动物的繁殖方式。蜥蜴用这种方式繁殖，是近来才为人们所发现的。科学家们对此现象非常惊异，目前还没有理论能解释这个现象。科学家们猜测说，也许很多年前，有两个不同类别的摇尾蜥蜴相遇、结合，生下了后代。这些后代，如近亲交配的动物的后代一样，不能生育，比如马和驴交配生的骡子是没有生育能力的，不知怎的，有一个母蜥蜴，有自我繁殖能力。后代就如此传下来。一个母蜥蜴可以生育几代蜥蜴，她的一个卵子就有她本身体重的1/3大。设想一个120斤的妇女生一个40斤重的孩子！

虽然科学家们对此现象十分惊异，但他们并不认为这是反常现象。实际上近年来，同性克隆的蜥蜴在世界各地都有发现。科学家们说，这只能说我们以前对神秘的动物王国了解太少。我想，其实，到现在我们对动物的世界也了解不多。我们自以为在征服自然，以了解自然的名义破坏自然，也许如果我们把自己只看成是一个种类的动物，栖息在地球上，对其他的动物表示更多的尊敬，也许我们留给我们后代的地球还勉强说得过去。

兜 兜 猫

日本作家夏目漱石的小说《我是猫》，还是我大学时代在夏天炎热的武汉挤在人挨人的简陋的学习室读的。我一边读，一边笑，惹得临座的人往我脸上看，以为笑话就写在我脸上。自从看了那本小说后，我对猫有了种神秘的恐惧。如果他们能懂得人类的生活，他们比我们还会洞察生活！从此，我见到猫的时候就会多看两眼，看看他们是否真的懂我做的事情。猫也会多看我两眼，好像回应我的注视。

1997年10月的一天，我在我家落地窗旁看到一只漂亮的小猫，烟黑色的，毛长长的，看起来像一个小圆球，滚在地上。他看到我，喵喵地叫起来，他的声音单纯、稚嫩，听上去像才生下来没有几天的样子。我和岸岸看到他，异口同声地大叫，哎呀，这是谁家的小猫，怕是走丢了吧？我们打开落地窗，这只圆圆的小猫就走了进来。我从冰箱里拿出牛奶，倒在盘子里给他，他马上就喝光了，显然他饿坏了。岸岸拿出一块肉给他，他还不会吃呢，还是喵喵地找牛奶。我们围着他，看他那么好玩，都忍不住抚摸他。他那晚喝了很多牛奶，最后，我把他抱到门外，说，你回家吧，谢谢你来拜访我们。他喵喵地叫着，走了。

第二天，他又出现在落地窗外了。他坐在凉棚下的沙发内，在细细的雨中发抖。正是十月份，正是潮湿的雨季，到处都是雨水。我和岸岸把门打开，他一跳，从沙发上跳下来，直接钻进屋内，好像他一直在等着这个时机。我们还是给他牛奶喝。喝够了牛奶，他居然主动在房子内来回巡视起来。我和岸岸都尾随着他，看他到底要做什么。他把头探到我的房间，小鼻子皱了皱，就出来了。然后，他就到浴室去，他伸展着小身体，把前爪子放在抽水马桶上，闻了闻马桶的味道，退下来，走出浴室，到岸岸的房间，他走进去，看到岸岸的床，一步跳了上去，就立刻坐下来，看看我们，好像是说，好了，我累了，休息了，这就是我的地方，然后四肢伸展，睡起觉来。岸岸和我都愣了，笑起来，这只小猫真好玩。我们仔细地打量他，原来在他的胸前有一块白色的菱形方块，看起来就像一个小孩子穿的兜兜，他的四只爪子都是白色的，整个身体是烟黑色的，不是墨黑的，而是黑中透白的烟色，更不可思议的是他的脖子有一圈白色的毛，好像是一个项圈。白爪子，白项圈，白兜兜，烟黑色的身体，他本身就好像是一个艺术品。

从那天开始，他就留在我们家了。我们起初还等人找上门来把他带走，后来，这种可能性渐渐小了，我们就给他起名叫兜兜，正式收养了他。过了几个星期，我的朋友们得知我有了猫后，都建议我带他去看兽医，给他做手术，不让他再生育。为了计划生育，我就把他带到动物医院，给他做手术。医生得知他叫兜兜，认为这个名字很奇怪，因为兜兜的英文发音是傻瓜的意思。我说，这是一个中国名字，他是一只中国猫。兜兜看看我，骄傲地喵喵几声，算是赞同我的意见。

晚上我去动物医院把兜兜带回家。手术后的兜兜，十分痛苦，显然他很疼，他一反平时快乐的常态，静默地趴在他的小床上，不能动。我们把他抱到我睡的大床上，让他躺在枕头上。突然，岸岸大叫起来，"妈妈，妈妈，快来看，兜兜哭了，兜兜掉眼泪呢。"十二岁的岸岸坐在兜兜旁，给兜兜擦眼泪。我用手去擦兜兜的眼睛，他真的哭了，他的眼泪，一滴一滴的，往外淌。我平生不知道猫是会掉眼泪哭的。兜兜真的会哭！

几天以后兜兜才复原，恢复了他小男孩的本色，每天快快乐乐的，给我们的生活添了很多乐趣。那时我正在博士大考，每天忙得焦头烂额，回到家，兜兜就会跳上我的桌子，在几个抽屉间蹦来跳去，好像在玩跳房间游戏。兜兜对一切看不见的东西都有兴趣把他找出来。比如，岸岸把手藏在被子下面，活动他的手。兜兜对此极为好奇。他一心想弄明白看起来是平面的被子下面到底有什么。他在被子上奔来跑去，试图逮住在被子下面活动的手，他不知疲倦地玩这个游戏，十分投入，好像这就是生命的全部意义！

兜兜三四个月的时候我们搬家了。搬到公寓的那天，我是最后把兜兜放在汽车上向新居开去的。兜兜在汽车上喵喵地叫着，好像是问，我们在干什么？我们到哪里去？我把兜兜带进新的家门，他在几个房间里转了一圈，我把他带到浴室，让他看了看他上厕所的沙子和盒子。我居然看见兜兜点点头，似乎是说，我知道了。他立刻跳进去小便，显示给我们看他明白我们的意思。我和岸岸则哑口无言，不明白他是怎么弄明白的。他是怎么思索和理解的？

搬到新家我们没有让兜兜立刻出门，怕他不认识家。一个星期后我打开门，让兜兜到外面看一看。门一打开，快乐至极的兜兜就一个猛子冲了出去，跑到树上，又跑回家来，跑到树上又跑下来，兜兜的快乐是那么明确、真挚，岸岸和我看着他，也都甜蜜起来，我们分享他的欢乐。

我们住在一楼。公寓里是不允许养猫的，所以我们得偷偷地，小心不让人看见兜兜。为此，我们把窗户打开，让兜兜走窗户，而不走门。岸岸抱起兜兜，指给他看他要走的窗户。从那以后，兜兜从来都走窗户。兜兜，你是怎么理解我们的？夏天的晚上，朋友来访。朋友离开的时候，我通常都送到停车场去。兜兜跟着我到停车场，站在我的身旁，等朋友离开后，我们就一前一后地回家去。朋友们都说，你们家的兜兜都神了，他大概前生不是猫，而是狗，只有狗才懂得跟主人一起送客人，没见过猫也会这样做的。真的，兜兜前生是什么呢？

我回国的时候把兜兜托付给一个朋友。后来我回来了，兜兜就没回来。我的朋友爱兜兜，不想把他还给我了。我也没有再把兜兜要回来。有时，我会去看兜兜，买一些猫饼干给他。兜兜改名叫莱思力王子了，因为他的王子风度和气派。兜兜现在长大了，个子有四分之一的狮子那么大，所以兜兜又被称为狮子王子。我每次看他的时候，他都伸着懒腰，跳过来，舔我的手。兜兜，你还认识我吗？

猫 的 战 争

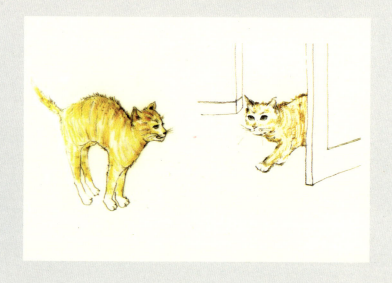

我家的两只猫是不共戴天的敌人。说她们不共戴天是因为她们两只猫各有自己的领地，希娅的领地是厨房、饭厅和我的书房，以及壁炉间的大阅览室；希达的王国是楼上的卧室、凉台和房顶。楼下我们有一间小的屋子，也就有十平方米左右，我们称之为"猫屋"，里面除了猫的食物和猫的箱子——猫排泄用的特置的箱子，什么也没有，是一间专门供猫活动的房间。然而，希娅和希达是绝不会在一起活动的。她们不共戴天，老死不相往来。如果不小心，两只猫见了面，只要一见对方的影子，她们就低声地吼起来，好像马上就要冲过去厮杀。我不明白她们怎样结下这样的怨仇，对她们之间的深仇大恨也不能彻底了然。希娅是一只极为漂亮的公主一样高贵的猫，她的体色是金黄的，这样颜色的猫并不多见。任何客人来我家都夸赞希娅的美丽。也许她自觉高贵，看不起希达。希达是一只小老虎一样的斑纹的猫，浅棕色毛发，黑色的斑纹，如一只英俊漂亮的小老虎。希达也不买希娅的账，因为希达有特权——她晚上的时候会跑到我们的床上，跟我们一起躺在床上睡觉。希达一定觉得我们更偏爱她，不然，她怎么能享有这个特权？因此对希娅也看不起。

　　两只互相看不起的猫生活在同一个房子内，我和她们两个有不同的关系。我也目睹她们之间的敌意、防范、战争，甚至偶尔的尊重。我的这些观察也许没有什么实际的用途，但是，这是生活的乐趣之一吧。我们不仅生活在人的关系里，也生活在和动物的关系里啊。

　　希娅是一只热爱书和报纸的猫，因为她最喜欢的地方是我的书房，最喜欢躺下来的地方是我电脑前的书上或我读的报纸上。只要我早晨一进书房，她就尾随我进来，跳到书桌上，在电脑前坐下来。我电脑前总是放着打开的书，所以，她就一屁股坐在书上。当我查电子邮件、写信时，她就仔细看电脑的屏幕，似乎在看是谁给我写来了信，或者是我在写什么。我有时会问她，"希娅，你看懂了吗？"她回头看看我，"喵。"看来是看懂了。有时我会说，"希娅，你太烦人了，能不能躲开点，我在忙。"她还是回头看我，说："喵。""不。"哼，她以为看电脑是她的工作还是怎么的？我抱起她来，把她放到地板上，"你出去玩去，这里不是你待的地方。"她抖动毛发，伸伸腰，跳到椅子上，又跳到靠窗的书台上，向外望了望，坐在那里，看外面的风景。她坐在那里看外面的风景，可以看几个小时。有时，她大概看烦了，就又偷偷地爬过来，用爪子拍我的肩膀。多少次我都吓得一愣。我回头看她，问："你要干什么？"她不理我，提醒我之后，一个箭步跳到书桌上，坐到我的电脑旁，懒腰一伸，又安了家。我觉得自己似乎每天都和希娅讨价还价，请她坐到别处去，不要在我的书上坐着，妨碍我看书。后来我决定早晨的时候把希娅关在门外，不让她进来捣乱。希娅看我从厨房端着咖啡进书房，早就在门口等了。我一开门，她就溜进来。我把咖啡放下，把她抱出去，放到门外。希娅明白这天我对她不欢迎，她立刻抖动身体，跑到壁炉旁的粗木凳子旁，两只前爪挠起凳子的腿来，一面表示她不在乎被轰出来的尴尬，一面好像在想办法对付今天不欢迎她的我。我暗笑，觉得她鬼心眼儿太多，把门关上，坐到我的桌子前。一会儿，门悄悄地开了，希娅进来了，她好像侦察好久了，等我读书读得专心时，不动声色地进来，我会懒得和她搏斗，就随她去了。她终于成功了，躺在我的一叠复印的资料上，睡一个小觉。有时，她轻微的鼾声让我吃惊，她睡得那么甜，好像一个小觉就是生命的全部享受。谁会打扰一只甜睡中的猫呢？

希娅的另一个爱好是坐或趴在我读的报纸上。我有时坐在饭厅的大桌旁，一边吃东西，一边看报纸。希娅看到我看报纸，成心跟我捣乱，准坐在报纸上。我真记不起有多少次我把报纸从她的身下抽出来了。希娅大概是天生的跟我缠在一起的一只猫，我和她的厮磨，天天发生，我们两个都习以为常，并以此为乐。如果我吃东西，希娅肯定把脸伸过来闻一闻，如果她有兴趣，就咬一口；如果没有，她就摇摇头，似乎不相信我居然吃这样的食品，一副毫无兴趣的傲慢的样子。我也不知道从什么时候起，我和希娅居然一起合用一个盘子了，我也不觉得希娅不是一个人。我想希娅自己也不知道她不是一个人，而是一只猫，她一定以为自己是跟我一样的人吧。只不过从她的眼里看，我一定是一个巨人，难怪她总是缠着我，她是害怕我吧。

希达和希娅不一样。希达是一只非常渴望爱抚的猫，要求人时时刻刻地抚爱她。她最喜欢坐在人的手边，舔人的手，乞求人爱抚她。如果你的手不爱抚她，她会生气，撞你的手。一天早晨，我被希达袭击而醒，原来她用她的头狠狠地撞我的手，要我爱抚她。我睁开眼睛，大惊失色，说，你疯啦？我睡觉呢。希达不理会我的抗议，继续冲击我的手。我没办法，只好爱抚她，她顿时温柔起来，一副媚态，好像是一个做爱的女人。有时下雨天，我们不起床，躺在床上，听雨声，聊天，希达也在床上，非要我们抚摸她不可。她喵喵地叫着，好像是说，我需要爱，需要爱抚。我佯装愤怒地说，她和我抢夺爱情，而且她总是赢，因为她很媚人，连我也爱上了她。希达喜欢和人进行语言交谈。我们两个之间，用不同声调的"喵"来交谈。如果"喵"声长而柔和，是"你好吗？"是"我爱你"。如果"喵"声直接、语调平和，是"饿了吗？""吃饭吗？"如果短促、尖利，是"一边待着去，我烦着呢"。夏天的时候，希达喜欢站在楼上窗外的房顶上，四处瞭望。冬天，她就躺在床上，除了下楼吃饭上厕所，她几乎不下床，好像一位懒惰娇贵的太太。希达从来也没有在我的书上坐下过。一次，她误进了书房，看到我在那里，很不自然。但是她没有调头就走，反而跳上了书架。我的书房有一面墙是钉在墙里的书架。希达在书架上走来走去，从一层跳上另一层，俨

然一只小老虎在山间昂然漫步。我看见她发亮的浅棕色皮毛、巡视左右的绿色眼睛，我惊呆了，真是美不胜看。

虽然希达渴望爱抚，但我不知为什么觉得希达是一只更孤独的猫。她有点儿害怕家中的狗，如果看到狗在楼下，她就不下楼来吃饭。我必须把狗带走，她才下来。我们平时除了睡觉，一般不上楼，希达就在楼上待着，一待一天，没有和人交流的机会。难怪她那么强烈地要求我们抚摸她。希达实际上喜欢思彬超过喜欢我。她睡觉的时候，准是在思彬那边。除非思彬不在，她才挨着我。她的选择有时让我调笑说，大概希达是异性恋，不是同性恋吧。希达的身材很苗条，我常说是因为她没有足够的食物吃。思彬认为，希达的身体更美丽——在这个以瘦为美的国家，连猫的瘦都是美丽无比的。真是荒谬。我的许多朋友都给猫吃减肥食品。一个朋友，还只给她的猫吃昂贵的自然食品——那没有用过化肥的食品。这个爱猫成瘾的国家！思彬还认为，希娅过胖，因为我不停地给希娅零食吃。其实我觉得希娅是完美无缺的，不胖也不瘦。我们各持己见，看来谁也说服不了谁。

一天，希娅跟在我身后上楼来了。希达从窗外看见了希娅，特别是看到希娅跳到了床上，立刻变得怒不可遏，大声地吼叫着，好像要从窗子外跳进窗子里，和希娅血战一搏。希娅也不屈服，也大声地吼叫起来，好像准备跟希达决一死战。我连忙把希娅抓起来，带到楼下，才避免了一场战争。希达偶尔会从房子外的楼梯下楼，进起居室，再走过洗衣间，下楼梯，到猫的房间去解决吃喝拉撒问题。我几次看到希达从起居室进来，她都警觉地查看，看希娅是否在那里。其实，希娅从来不到起居室去，希达不必那么小心谨慎，但是，希达从来不掉以轻心。她戒备防范得非常严密。如果看到有人坐在起居室的沙发上看电视，希达胆子就大一点儿，知道我们不会容许斗殴发生，她会跳上沙发，要人抚摸她。爱抚对希达如此重要，她宁可冒遇到希娅的危险也要得到。

希娅和希达偶尔也有互相尊重的时刻。希娅喜欢看园子的鸟，经常在房子后门的回廊上坐着看鸟。希达在房顶上看风景，看到希娅欣赏园子的景色，也就不去理会希娅。我看见她们两个距离不是很远，但是也不是很近，相安无事，尊重各人的消闲时刻，也很惊异。在不侵犯个人领域的原则上，她们还是互相尊重的。

从什么时候起她们之间结成了仇人？没有人知道。猫是这样的动物，如果他们第一眼不喜欢彼此，他们永远也不会喜欢彼此，也不会结伴玩耍；如果他们喜欢彼此，他们就成了终生的朋友。通常夜晚的时候，猫会到街上会朋友，然后，成群结队地在夜晚的街上跑来跑去。但是希娅和希达，因为我们住在森林里，四周左右没有邻居，也远离城镇，她们两个都是孤独的猫，没有玩伴。我们过去的猫兜兜小的时候，如果过了十一点还没回家，我就到街上去找他。正是由于找兜兜的多次经验，我才发现了一个夜晚的猫的世界。夜晚，猫成群结队的，好像是少年的帮派集团。兜兜后来大些了，经常夜晚带朋友回家来，三五成群的。有时兜兜和朋友们与其他的猫打群架，我听到兜兜的叫声，还要到外面去喊停，把兜兜捉回来，不许打架。猫的夜晚的群性和他们白天的独立不羁截然相反，我不知猫的专家们对此做过何等解释，我也没有去查看这类的书，虽然在美国猫的文学——关于猫的小说、诗歌、散文、猫的科普论文等等，在一般的书店会有一个专柜，但我自己还从来没有去看过。

我们家的希娅和希达没有在外面交坏朋友的问题。她们自己不共戴天，同住在一个屋檐下，犹如两个姐妹，多年心存芥蒂，已成陌路；又犹如两个老情敌，互相提防，视对方为异己，虽然两只猫吃同样的饭，用同一个厕所，但她们绝不妥协、绝不交流，这样的战争状态大概要持续到她们生命结束的那天为止。

# 那只雷利克斯兔子

一天下午，父亲的朋友，住在西直门南小街内的董叔叔，突然给我们带来了一只黑色的兔子。这只兔子，据董叔叔讲，是英国种，叫雷利克斯。当时十二岁的我对这个异域的名字极为好奇，嘴里不停地重复"雷利克斯"这几个字，觉得这些声音本身就奇妙得不可言说，对雷利克斯是什么意思，则完全不知道。我仔细地看着这只兔子，她有一双大大的灰色的眼睛，眼睛里充满恐惧的温柔，被抚摸的时候，胆怯地缩着身子，好像尽力使自己变得不存在一样。她的耳朵长长的，直立着，好像很好奇。抚摸时好像在抚摸柔软光滑的丝绸，又服服帖帖地向后倒去。我立刻爱上了这只异域种的黑色发亮的兔子，央求董叔叔说，把这只兔子给我吧！把这只兔子给我吧！父亲听了我的话，大声呵斥说，这只兔子，只许看，不许养。可是我不停地尾随着董叔叔。董叔叔是一个不善言谈的人。他来我家和父亲喝酒的时候，也经常坐在那里，一句话也不说，眼睛只看地下，好像不会抬起眼睛看人。那天我被父亲呵斥后也不敢说话，就跟董叔叔坐在一起眼睛朝下，看着兔子，抚摸着这只小兔子。结果呢，不记得是什么具体原因，兔子就留在我家了。也许不善言谈的董叔叔为我说了一句话。也许是父亲被我感动了，也许父亲也喜欢那只兔子。总之，隐隐约约，我好像还记得父亲说，养兔子是赚钱的事情。在新街口外小西天的某个地方专门收购长大的兔子。一只兔子可以卖三块钱。我的学费一个学期是两块五。父亲说，我可以通过养兔子来为自己挣学费。就这样，出于种种原因，兔子就留在我家了。我也成了兔子的第一养育员。也就是说，兔子归我了，我负责这只兔子的吃喝拉撒。我的主要责任有，每天为兔子找食物、喂兔子、清理兔子的窝等等。我满口答应下来，兴奋地看着那只小黑兔，她正在那里用细嫩的小牙啃一只小红萝卜。

虽说父亲起初不答应我养这只小兔，但兔子留在我家之后，父亲还是帮忙的。首先，父亲为兔子建了一个窝。他用碎砖在院子的墙边砌了一个方方正正的小房间似的窝。兔窝的正面用铁栅栏拦住，靠左边开了一个小门，通过这个门，我可以把兔子的食物放进去，还可以清理兔子的窝。另外，母亲不知从哪里找来柔软的稻草，铺在里面，做这只兔子的床。小兔子，这只从遥远的英国来的雷利克斯小黑兔，就在我们家住下了，在我们家枣树后边、父亲为她造的房子里。

她来的时候正是夏天。夏天到处都是青草，兔子的食物不成问题。我们的家在北京城西北一个叫作石碑大院的胡同里。从我们家出去，穿过一条叫葡萄院的小胡同，再往北走三四分钟，就是败颓的城墙，从城墙上翻过去，就是铁路，穿过铁路，就是护城河。而护城河两岸，是茂盛的、荒无人烟的青草地。每天下午放学后，我就拿着一只小筐、一把小镰刀，到青草地为兔子割草。有的时候，星期日或节假日，父亲也跟我一起去割草。父亲说，兔子爱吃一种叫灰灰菜的草，因为割灰灰菜的时侯，灰灰菜会流出乳白色的汁液。父亲说，这种汁液，就如同牛奶一样有营养。父亲的话我自然是当作真理。我专门找嫩的灰灰菜，灰灰菜通常长得很高，只有顶上的部分才鲜嫩，老了的部分汁液也不多。我采灰灰菜、挖野菜，学会了分辨很多兔子吃或不吃的野草。除了青草之外，夏天还有各种各样的青菜，家里做饭剩的菜都是小黑兔的美餐。食物真是丰盛呀。就是在这个茂盛的夏天，小黑兔长得又好又快。转眼间，她已经是一只怀孕的兔妈妈了。她是什么时候和怎样怀孕的，我一无所知。只记得董叔叔和父亲谈到过配对儿的事儿。可是，配对儿是怎么回事，我并不清楚。我只知道我的小兔要当妈妈了，我也知道我从此会有更多的兔子了。我只有欢欣，对后来食物短缺的困难的冬天，我没有丝毫预见。

那天我放学回到家，母亲说小兔已经生完她的孩子了。我立刻趴到兔窝去看做了妈妈的兔子和她的孩子。天！她居然生了七个孩子！那些小小兔都粉嘟嘟的，毛色都看不出来，眼睛都闭着，好像害怕这个世界一样藏在妈妈的怀里，挤在妈妈的身边睡觉。刚当了妈妈的小黑兔也显得很疲劳，身子瘫软地躺在稻草中，稻草和她的黑色毛发杂乱地混在一起。母亲告诉我，兔妈妈很早就开始拔自己的毛来垫窝，为孩子出生做准备。生完孩子，她就把孩子都舔干净，现在刚休息。我看完兔妈妈，就开始为兔妈妈做饭。为了让兔妈妈有足够的奶水，我熬了玉米菜粥给她吃。她爱吃极了。那个时代，中国人有很多人都在挨饿。玉米是我们每日的主粮，玉米菜粥对一只兔子来说，是我能给予她的最高的待遇。

兔妈妈十分热爱自己的孩子。一两天之后，有的小兔子开始睁开眼睛，到处乱爬，一旦有的小兔子要爬出母亲能够到的范围，兔妈妈就立起身来，把孩子叼回来。在我们家，只有我有兔妈妈给予的特权，也就是说，我可以抚摸小小兔，帮助兔妈妈喂孩子。比如，最后出生的小兔往往没有力气和哥哥姐姐们去争母亲的乳头，我就把别的吃了一会儿的小兔挪开，帮助挤不进去的小兔找到妈妈的乳头。兔妈妈对我的帮忙也认可。院子里的孩子听说我的兔子生小兔子了，有的也想帮忙，但兔妈妈绝不允许别的孩子触动自己的孩子。如果有谁想摸摸她的孩子，她就立刻低低地吼起来，好像要咬人的样子。大家都说，这个兔妈妈真护犊子。

小兔子们几天后开始显出皮毛来了。令人吃惊的是，他们没有一只像母亲，几乎是灰色的小兔子，没有全黑的。我很纳闷，问父亲为什么小兔子的毛色都不是雷利克斯的黑色。父亲对我的问题没有多加解释。只淡淡地说，小兔子们的父亲是一只白色的兔子。这个解释十分合理，我想，黑色和白色相加，自然是灰色。灰色兔子的眼睛都是灰色的，他们也很可爱。可是我的心中却隐隐有点儿失望。我曾经期待他们都是黑色的雷利克斯兔吧。记得董叔叔说过他家有一只公的黑兔，为什么不让黑兔做父亲呢？我自然不敢问父亲这个问题，也不敢提出要求，只是希望下次父亲在为我的兔子配对儿时，能想起董叔叔家的黑兔。

小兔子们长得很快，过不久，就一个月了。再过不久，父亲就把他们逐一送人了。我现在不记得兔子都给了谁，一定是要的人很多。在我的印象中，那个时代，好像很多人家都养兔子。养兔子的目的似乎是卖钱，补贴贫穷的生活。成年后我问母亲，父亲是否卖过我养的小兔子。母亲说，没听说过，好像一只也没有卖过。我相信母亲的话。我的父亲一生都是满怀挣钱梦想的人，他有过很多可以赚钱的梦想和计划，可是他的一生那些计划和梦想一个都没有实现过。养兔子卖钱也是他的梦想之一，但是，在具体实践过程中，他满族二爷的禀性，又使他把兔子逐一送人，分文不取，完全忘掉我这个养兔人的艰辛劳动。

养兔子是不是我当时生活中最重要的事情，我现在几乎不记得了。但是我一定是经常谈论兔子，就是因为养兔子，我结识了我一生中第一个"男朋友"。他是我的同学，姓刘，叫刘青峰。刘青峰的位子在我的斜对面。"文革"时代的小学生，虽然不知男女，但是男女界限却划得分明，男女小学生之间是不公开说话的。我和刘青峰之间，除了他违反纪律，我是班长，老师要我管他之外，没多说过话。一天，不知为什么，老师要我到刘青峰家去找他。我就从学校到刘青峰家去了。他的家住在西直门内大街的中国科学院的宿舍里。那个大门，我天天上学的时候都路过，另外一个女同学赵维娜家也在那里，我进去过几次。里面很大，这次奉老师之命，我去找刘青峰，可是我却不知道刘青峰的家到底在哪个屋子里。中科院的宿舍大门是传统的古典式大门，门口有两个大石狮子，院子大门显得高大严肃。迈进院子的时候，我有点儿胆小，因为不知怎么走到刘青峰的家去，只好去敲一个开着的门问。门一开，我就高兴起来，原来是另一个男同学王成勇的家。王成勇天天和刘青峰在一起，原来他们住在一个院子里！看到我，王成勇得知我的来意，不是给他向他姥姥告状，而是找刘青峰，就立刻带我去他家。

刘青峰的家要转一个影壁门，穿过一个小夹道，过了好几重庭院才到。正是下午，院子里静悄悄的，好像人人都在午睡。刘家的庭院是古典式，房子是西房三间。院子里方砖墁地，非常干净。王成勇大声叫："刘青峰，刘青峰，有人找你来啦！"个头矮矮的刘青峰从屋子里探出头来，看见是我，愣住了。我看到他双手攥着一只兔子，也愣住了。"呀，原来你也养兔子啊？"也许是因为我第一次到他家来，刘青峰有点儿手忙脚乱，他连连点头，说，这只母兔子不给小兔子喂奶。他没有办法，只好按住母兔子，让小兔吃奶。我一听，立刻表示愿意帮忙。刘青峰也高兴起来，因为他一个人按不住那只大兔子，所以，我们三个人分工合作。王成勇和刘青峰两人按住母兔子，我帮小兔子，让他们一

个个地吃奶。我们就这么默契地工作，直到小兔子全吃饱了，我才想到老师要找刘青峰。这是我一生中头一次单独和两个男孩子在一起，我心中也很兴奋，好像时光都含有兴奋的元素，忘掉了我原本的使命。现在面对老师的现实，我害怕起来，该怎么对老师说呢？我怎么就忘了老师要找刘青峰这件事呢？我们商量了一下，干脆，我们一起去学校好了，去见老师，就说我才找到他。我和刘青峰两个人连忙往学校跑，到了学校，老师已经下班回家了。我们一边如释重负，一边又打算明天该怎样跟老师交代。一时间，我和刘青峰成了分享同一个秘密的同谋。我们之间的秘密和我们养的兔子成了我们友谊的基础，成了我们朦朦胧胧相知交好的起点。

我们在学校的时候，彼此从来都不说话。下了课，我有时就会到他家去看他的兔子。他有的时候，也会到我家来看兔子。我们一起到野外去给兔子挖野菜。刘青峰的父母不在家，都去五七干校了。我们有无限的自由乱跑。我因此熟悉了他们的大院子。原来，在他们的院子里还有几幢深灰色的小洋楼，是独门独户的小洋楼。楼前楼后都有单独的花园。我从来没有见过这样好看雅致的房子。刘青峰说，这些楼都是苏联专家住的，现在那些专家都回国了，都空着。我们就在楼里捉迷藏。我在空空荡荡的楼廊里走，惊异地感到一种我不知的生活方式的存在。刘青峰还告诉我他的父母过去是苏联专家的翻译。我问他是不是也懂苏联话。

他炫耀说，在苏联的话里，"打蛙力士"是同志的意思。他解释说，"打青蛙的大力士就是同志。"我听了他的解释，忍不住哈哈大笑，"打蛙力士"和"雷利克斯"就是我学到的最初的两个外国词汇。

秋去冬来，冬去春来，春去夏来，到第二年的夏天，我的兔子，除了父亲送人的外，已经有七八只了。父亲在墙边建了更多的兔子窝。现在，兔子窝是一个两层的建筑了，分成好几个房间，好像是一个养兔场的样子。为兔子找食物的工作越来越重了。我现在有一个很大的篮筐，早上起来，我拎着篮子，到附近几个菜场捡菜场扔掉的菜；下午放学，我到野地去挖野菜、采兔草。那只雷利克斯黑兔成了我养的兔子的元老。然而，菜总是不够吃，兔子越长越大，也吃得越来越多，无论我怎样早出晚归，也无法供给这么多兔子足够的饭吃。夜里的时候，兔子饿了，他们就会咬兔窝，把栏杆咬得吱吱地响。一个晚上，那只雷利克斯黑兔一定是饿极了，她不停地撞击她的窝门，把父亲吵得无法睡觉。父亲气冲冲地拿了一根通火棍打她。她终于不作声了。第二天早上我去兔窝前看她，看到她躺在窝里，痛苦的样子，以为她病了，我并不知道父亲昨夜打了她。我急急地叫母亲来看，母亲告诉我她大概是被父亲打伤了。我大哭起来，不知该怎么办。我把自己的早饭给她吃，她看看我，连吃的愿望也没有，只是呆呆地看看我。我哭个不停，把父亲哭醒了。父亲怒气冲冲地说，如果我再哭，他连我一起打。母亲赶快塞给我一毛钱，要我上学去。我哭着上学去了。

等我中午放学回家，看到院子里晾衣服的绳子上吊着一只剥光了皮的兔子，兔肉在阴天的灰光中鲜粉鲜粉的，好像是一个小孩子挂在绳子上。我号啕大哭起来，知道那是我的雷利克斯黑兔。院子里的杜大妈说，父亲今早把那只兔子给了他们，她的儿子把兔子杀了，兔皮剥了下来去卖，兔肉他们要炖着吃。她还告诉我，兔子的头骨上有一个裂缝，无论怎样，那只兔子是活不成了，不如在活着的时候把她宰了好。杜大妈家有七个孩子，全家每天都为分窝头吵架。他们的五个男孩子，永远都在挨饿的状态。听着杜大妈的话，我哭得昏天黑地，不愿再看我的兔子一眼，我哭着跑出了家，在护城河边的树下，一个人不停地哭。我不知道我什么时候才回的家。我记得回到院子里时空气中飘着炖肉的香味，杜大妈跑进我家对着我："三姑娘想不想吃兔肉。"我厉声地对她说滚。我不记得那天还发生了什么事情。在漫长的童年中，那是极为黑暗的一天，从此，我再也不养兔子了，我也不知家里的兔子都到哪里去了，好像他们一天之间全部消失了，消失在童年黑暗的深处。

你从此学会做一只公鸡

即使是"文化大革命"的时代，卖小鸡的农民也在北京城里的大街小胡同里串游。我不知道他们从哪里来，也不知他们怎样躲过重重的反资本主义的关卡审查。一到早春，我们就常常听见胡同里由远及近的吆喝声，"卖小鸡喽，卖小鸡喽——"那个"喽"字好像是歌声一样悠长，余音袅袅，在胡同里荡漾。一听到这个声音，就是我们孩子们激动人心的时刻。我们停下手中的事情，往外跑，看卖小鸡的去！看卖小鸡的去！卖小鸡的农民通常背着背篓，背篓里装着数不清的唧唧叫的小鸡。看到我们跑过来，他就停下，把背篓卸下来，在地上铺一块油黄的雨布，把黄茸茸的小鸡从背篓中掏出来，好像掏出一朵朵黄色的花朵，地上顿时开满了迎春花似的小鸡，唧唧喳喳地叫着，又好看又动人。我不知道有多少人看雏鸡时会不为小鸡的可爱感动。我们对小的东西总有一种可怜可爱之心。看小鸡的时候人们的心会变得像新生的小鸡一样新鲜、开花、漫卷。看了一会儿后，我们就急急忙忙地往家跑，一路喊着、叫着，告诉母亲卖小鸡的来了，要母亲加入我们的行列。母亲其实早就听到了，她这时才整整身上的衣服，站起来，跟着我们一起去看卖小鸡的。

　　这样的情景几乎每年都会上演，甚至重演几次。母亲最终会在我们的央求下买几只小鸡回家。虽然母亲同时还会絮絮地抱怨和提醒我们，小鸡是养不活的，小鸡终究是会得鸡瘟的等等。我们自然也知道，母亲的话是对的，因为我们从来都没有养活小鸡的纪录。但是，把小鸡拿回家的热情战胜了我们对未来的思考和预想，我们只顾眼前，只为眼前兴高采烈。母亲付钱之后，我们欢呼着和小鸡一起回家。小鸡通常是装在一个鞋盒子里，由我们抢着抱回家。到家后，我们围着小鸡，找来小米，拿一个小酒盅，把米放在酒盅里，看小鸡怎样啄米、怎样喝水，我们完全沉浸在与小鸡共享的即时的欢乐中。谁会想小鸡几天后就会逐一凋谢？那不在我们的视野与思考范围之内。

几天后，如母亲预言的那样，小鸡开始拉稀，逐一从纸盒子里消失，一两个星期之后，小鸡就不存在了。买小鸡的即时的欢乐也已经过去，所以不会有太大的伤心。一切都是经验，我童年的经验就是小鸡不会活过两三个星期。因此，小鸡的死亡并不那么令人绝望。明年我们还会有新的小鸡。

可是那一年有一只小鸡奇迹般地活了下来。那只小鸡没有消失，相反，他的鸡冠开始发红，他的脖子开始长长，他的羽毛逐渐蜕变，两侧长出新的翅膀。新翅膀的羽毛又硬又结实，白色的，好像一件外衣一样出现在两翼，在奶黄色的雏鸡的身体上，好像不是他自己长的，而是别人给他安上的。他的成长的一切都在宣告他是一只健壮的小公鸡。但是，公鸡是令人失望的。公鸡不是我们所要的。我们盼望的是母鸡，因为母鸡可以下蛋，母鸡可以孵小鸡。鸡蛋多么好吃，小鸡又是多么可爱！而公鸡有什么用？可以说一无所用。我们家有座钟，不需要公鸡打鸣司晨。公鸡打鸣实际上还会让父亲生气，因为公鸡的时辰似乎是乡村的，天才蒙蒙亮，他就高声呼唤，好像招呼农人们下地干活。公鸡似乎对乡村生活有潜意识的记忆，对他此刻的城市生活毫无概念，因此他的作息时间都是乡村的。他的乡村时辰让父亲十分恼火。父亲是城里人，祖祖辈辈在北京城内居住了十三代，对乡村生活既没有记忆，也没有概念，他对小鸡似乎也从来没正眼看过。这只公鸡只让他讨厌，因为正是父亲睡觉的时候，公鸡却呼唤他起床，这让他恼火异常。父亲没有一点儿田园情怀。

我却对这只公鸡关爱有加，对这只公鸡的生存倾注了一个十岁孩子可能给予的全部关注。从小鸡买来开始，就是我在照顾他们，这只活下来的公鸡是我工作成果的证明。自然而然，不仅我自己，就是全家人也都把这只公鸡称为我的公鸡。我和我的公鸡很亲密，我们两个几乎形影不离。我每天一起床，就先跑到鸡筐看看他昨夜睡得怎么样。我吃早饭时，顺便就把早饭分给他一些。上学之前，我向他告别；放学之后，我把他从筐里拿出来，让他在院子里散步；晚上，我把他放回筐里，让他睡觉。睡觉前，我还会给他讲故事。生活中有那么多故事，我的嘴巴不爱停，家里人不爱听我讲，公鸡就是我忠实的听众。

我们住的院子不是很大，可是院子的东边有一大块空地。过去，院子里的男孩子在那里建立一个乒乓球台，日久天长，球台失修、塌陷，地上荒芜起来。那年的春天，我和姐姐妹妹决定开垦这块地。我们种了向日葵、玉米、喇叭花和鬼子姜等等。我在院子的四周还种了很多茉莉花。那些茉莉花籽都是我上一年采的。那些花籽很像小小的手雷。颜色各异的茉莉花夏天的时候会在夜晚开花，花香芬芳，是北京街头胡同尾常见的一种花草。在我的童年里，我并没有看见过很多别的花。母亲喜欢种西番莲、死不了，都是十分容易存活的花。因此我们的院子里就有很多我种的茉莉花和母亲种的西番莲。我喜欢给我们的地和花浇水，因为我总是希望我们的向日葵长大，过年的时候我们可以吃葵花子。我希望我们的花长得又快又好，夏天的夜晚在花下乘凉是多么愉快啊。十岁的我似乎天然懂得浇水的重要性，因此，我每天都勤奋地给我们的地和花浇水。每次浇水的时候，小公鸡就跟着提着桶的我，到公用的水龙头去接水。那个时候的北京，一条胡同通常只有一两个水龙头，各家各户都是拿着自己的水桶到水龙头去接水。每家每户有水缸，储存水用。我们管水龙头那里叫水井，大概是北京古风依存的证明。"到水井去接水去"是我们孩子的重要的任务。我和姐姐们常常用一根扁担抬水回来。为了给我们的地浇水，我只好自己用水桶打半桶水，提回来，洒在地里，一趟趟地来回跑。小公鸡也跟着我来回跑，好像是我忠实的卫士。

公鸡是我的，跟着我走，我把这当成天经地义，从来没觉得有什么不正常。但是，有一天，我到水井提水的时候，邻居的一个男孩子嘲笑起我来。"哈,北屋的黄毛丫头现在够神气的,原来是一只公鸡给壮胆呀。" 他叫"五毛子",比我大一岁,经常爱在井台边欺负来打水的孩子。我瞪了他一眼,没有理他。他见我没有反应,故意唱歌似的重复,"黄毛丫头绿毛精,老太太骂她小王八僧。"我虽然不懂他到底在说什么,但我知道他是在借故骂我。骂得如此没有来由,自己没招没惹他,他仗着比我大,又是男孩儿,就得意忘形,编排起人来。我心里很生气,但是,我故意装作听不见的样子,骄傲地提着自己的水桶往家走,小公鸡也跟着我往回走。在我们这条胡同里,毛子家是有名的不讲理。他爸爸是蹬三轮车的。邻居们都管他爸爸叫"三不抡"。我实在不知道"三不抡"是什么意思,但是"三不抡"给我一种不讲道理的感觉,因此,我不想和五毛子多搭话。

　　没想到五毛子跟在我后面,往我的水桶里扔土坷垃。我回头看见他闲得无聊没事找事的样子,嚷道,"你没事去挠墙好了,在这里欺负什么人?""五毛子"听了我的话,精神振奋起来,"我欺负的就是你,你一个黄毛丫头,还挺厉害的。"他更来劲了,顺手捡起小石子朝我扔来。我把水桶放在地上,也弯腰捡起石子来,向"五毛子"扔去。我自然不是"五毛子"的对手,和他对扔石子的过程中,小公鸡已经吓得胆战心惊。但是小公鸡并没有拔腿就跑,而是站在那里,左右摇头四看。几秒钟之内他就看清了形势。只见说时迟那时快,我的小公鸡一下子飞了起来,向"五毛子"飞奔过去，一口啄住"五毛子"的腿，五毛子撕心裂肺地大叫起来，"哎呀！"手里的石头子也掉了下来。看见这个情景我也愣了，从来没有想到小公鸡会保护我，挺身而出，为我袭击敌人。

我不记得我们是怎么回家的了。"五毛子"后来是不是跑走了，我也记不清楚。我只记得那只飞起来的小公鸡，他的愤怒和力量。我自己的吃惊也不亚于"五毛子"。回到家把故事讲给母亲听，母亲竟然不相信，还说，要是公鸡真的鸽人，那就不能把公鸡放到外边乱跑。我怏怏的，除了我自己，没有人为小公鸡的英勇叫好。再说，我在家也实在不是什么重要人物，没有人会关心我的事，更没有人关心小公鸡的举止，谁会对一只小公鸡的行为给予特别关注呢？

可是麻烦终于来了。一个下午我回到家，看到我家的门口有好几个人，不知家里出了什么事情。我匆匆忙忙地挤进屋门，才明白是有人来告状了。原来小公鸡在门口又啄人了。父亲母亲都坐在屋子里，和一个陌生的人说话。那个陌生人滔滔不绝地讲小公鸡是怎样追着他咬、啄他的。父亲母亲看也没看我一眼。我听到故事，连忙挤出来去找小公鸡，小公鸡就在筐里。我正在想怎么办、怎么把他藏起来的时候，陌生人在父母赔礼道歉之后已经走出门外了。我看到父亲的脸色极为难看。他径直地走到装着公鸡的筐前，好像我根本不在那里，一把把公鸡揪出来，胳膊一抢，小公鸡还没来得及叫，就鲜血四迸。我吓得站在那里，一动没动，目睹着父亲的暴行。父亲嘴里还说，"我要你惹祸，我要你惹祸！"我不知道父亲说的是我，还是小公鸡。在这个瞬间，我好像什么都不记得了。我只记得父亲身上下午浓烈的金色阳光和他高高抢起的手臂，在新嫩的枣树叶子绿色的背景上。我记得那天鲜艳无比的颜色，童年的颜色，直到今天。

# 我家的狼狗

我家有三条狼狗。说他们是狼狗因为他们既是狼也是狗。九年前，思彬在把家里帮本地动物保护中心喂养的野生的狼还给动物中心后，他希望继续养狼，就开始了寻狼之旅。说来运气好像是从天而降，一天他突然看到一个广告，说是卖狼狗。他寻址找去，在一个深山之地找到卖家。原来是一个老妇人。家中有来历不明的似狼似狗的动物刚生出的小狼狗崽。思彬大喜过望，立刻买了两条刚刚几天大的小狼狗。老妇人说，如果思彬可以把最小的那只也带走，她并不多收半文。思彬问，如他不带走那只最小的，老妇人会如何处置。老妇人答，让他自生自灭。恻隐与怜悯，使思彬把三只狼狗崽都带回家，并命名他们贝奥武甫、摩根和哈瓦苏。

贝奥武甫是根据英国著名史诗中的狼狗贝奥武甫而命名的，摩根是凯尔特文化传说中神圣的狼狗，哈瓦苏是印第安文化中一座圣山的名字。所以，我们家的三条狼狗代表了思彬自诩继承的三种文化。俗话说，人随名字长。狼狗是否如此？看着这三只狼狗，我常暗自思量。从相貌和体重上看，这三只狼狗个头都很大，每只都在130磅左右。贝奥武甫是三兄妹中的头领，雄性的贝奥武甫，遍体赤黑，有一双极为敏感的眼睛。他似乎看得见谁都看不见的东西。在我们群体出动时，他总是跑在最前面，为我们带队。哈瓦苏是这三兄妹中最小的一个，似乎也最胆小。哈瓦苏皮毛黑亮黑亮的，她嗅觉灵敏，她闻得到我们似乎都没注意到的味道。思彬说哈瓦苏是一个典型的猎犬，是狩猎人的至宝。但是哈瓦苏在人面前总是可怜楚楚的样子，一副林黛玉的派头。哈瓦苏是从来不会跑到前面去的，她总是紧紧地跟着人，好像时时刻刻害怕找不着主人一样。她也时时刻刻看人的脸色行事。如果人人笑脸和颜，她似乎就很放松，也很欢乐。如果人人都很严肃，她就变得小心翼翼，好像随时准备挨骂的样子。岸岸管哈瓦苏叫"可怜"。"可怜，过来，"岸岸喊道。哈瓦苏听了，支起耳朵，看别人都不动，就走过来，像希望得到什么奖赏一样。哈瓦苏是一只时时刻刻都想讨好人的狗。相反，她的姐姐摩根没有这个欲望。摩根好像是一个大姐，除了做什么事情都胸有成竹、冷静之外，摩根还有很强的判断力。贝奥武甫在前面跑，看到什么新鲜东西，大叫起来。哈瓦苏听到叫声，会立刻站住，回头看看我怎么反应。摩根不会回头，她会立刻做出判断，到底她需不需要跑过去看一看。如果她觉得没有必要，她会一如既往地以原来的速度，不紧不慢地往前走。如果她觉得非同寻常，就立刻抖动身体，精神抖擞、三步两跳冲过去看一看。可惜，摩根对生活没有那么大的热情，她大部分的时候是不紧不慢的。思彬说这是摩根的关节炎造成的。摩根体态丰硕，相貌俊美，高贵的银灰色皮毛中夹杂着金色的毛发，是一个人高马大的美人。

　　我常常惊异这三只狼狗性格的不同，奇怪是什么造成他们性格各异。他们本是一奶同胞，在相同的环境中长大，是什么力量造成贝奥武甫的勇猛、摩根的悠闲、哈瓦苏的胆小怯懦？贝奥武甫不爱动脑子，听到动静，他不加思考，立刻行动，冲上前去，看个究竟才罢。我们下方邻居家有两条金黄色的狗。狗很漂亮，但一遇到生人，就一通乱叫，让人厌烦。他们在自家的地盘上，远远地看到我们的汽车，也大声地狂吠，好像见到大军入侵。每次贝奥武甫看到他们，一听他们狂吠，就立刻跑出来攻击那两只狗，把他们逼回家去，似乎跟我一样讨厌没事乱叫的狗。但是那两只狗似乎从来也都不接受教训，有时远远地看见我们的身影，也要大叫一番。贝奥武甫就每次跑到他们家领地上，把那两只狗吓到不见踪影，才胜利地返回。贝奥武甫的不耐烦，讨厌小人，喜欢真刀实枪地对峙，和我极为合拍，所以，我对勇猛的贝奥武甫总是奖励有加。贝奥武甫是这三只狼狗的头领。为了训练狼狗的举止，思彬把贝奥武甫送到宠物学校学习。思彬说，起初，贝奥武甫不明白学校里到底在学什么。每天回到家，思彬重复学校学习的内容，贝奥武甫觉得很困惑。可是有一天，思彬再次重复学习的内容时，贝奥武甫听了，愣愣地看了思彬几秒钟，突然一下子开窍了。思彬说，"我都可以看到贝奥武甫的表情，好像是说，'啊，我明白了，你们说的是这个！'"贝奥武甫听得懂许多命令，比如，停下、坐下等等。去年夏天的一个傍晚，我带着他们去接思彬下班，我们沿着公路下山，走了很远的一段路才迎到思彬。那天，森林大火把天空都染黑了。我和思彬谈到大火，思彬说大火不太远，我们可以过去看一下。我担心狼狗们怎么办。思彬回头对贝奥武甫说，"坐下等着我们，我们一会儿就回来。"我不太相信贝奥武甫明白这么复杂的事情，还是担心如果不把狗先送回家，他们会丢了。思彬说不会。我们跳上汽车就走了。去了快一个钟头才回来。我一路都在担心。回来的时候，我远远地就看到他们三个，还在原地，一动不动，等着我们。我真的大惊不已。我不知道贝奥武甫是怎么把信息传给其他狗的。他一定有办法，让其他人懂得思彬的意思。

对这三只狼狗来说，思彬是他们的头领，他们最热爱他。如果思彬不在家，他们觉得自己就代替了思彬的位置。我家的起居室有两张沙发。平时，思彬总是坐在大沙发上，思彬一上班，他们就都坐在沙发上，模仿思彬。我一看他们在沙发上，就要他们下来，他们明白我不喜欢他们坐沙发，所以，如果看到我，他们就立刻跳下来；如果没看到我，他们就大摇大摆地在沙发上坐着，好像坐沙发是天经地义的一样。在他们眼中，我只是第二个被尊敬的人。他们热爱我，是因为我买饼干给他们吃，因为我带他们散步。我在家的时候，几乎天天都和他们一起徜徉于山林，或在树林里漫步，或带他们到报纸箱取报纸。每天上午十一点左右，我看书休息的时刻到了，我到门口拿鞋，换上走路的鞋，准备外出散步。一看我换鞋，贝奥武甫、摩根和哈瓦苏就像从睡梦中惊醒一样，惊喜交加地欢呼、蹦跳，贝奥武甫用后脚站立起来，跟我差不多高，他眼睛闪闪的，似乎说，"散步吗？太好了！太好了！"他一遍遍站起来，他的前脚收拢着，为了下去的时候不伤着我。我会说，"对，散步去，我们散步去。"他们是那么高兴，跑在我前面，最初的几十米，他们还犹豫不决，好像不相信我们真的去散步，每跑几步就停下来看看我，看我是不是真的跟在他们的后面。然后我们就都面临选择：是上山，还是去报箱。我大声地宣布：上山去。他们一听上山，立刻向左方跑去，我们上山去，在树林里沿着林荫小径走到树林深处。我如果说，拿报纸去，他们立刻向右转弯，走到公路上，沿着公路到报箱去。散步回到家，就是他们的饼干时间。他们聚集在厨房里，等我换好鞋，拿到奖励的饼干。我们的散步仪式就完成了。

他们到底是狼还是狗，我也不清楚。我读过很多关于狼的书，把狼的特性和他们对照，觉得他们是狼。他们不爱吠叫，有的时候，他们会在夜间发出狼嚎来，那些凄厉的噪叫，流露出他们的本性。思彬对野生动物发狂地爱，我们的家就跟野生动物园差不多，家狗其实是狼，自然而然，毫不奇怪。我奇怪的是他们虽然长得像狼，但他们都很善良。这点也就足够了。他们是那么爱人类，那么甜蜜地讨好人，那么甜蜜！我和思彬去度假的时候，请朋友来关照我们的狼狗。一次，一个朋友对我说："你们家的狗恐怕谁也保护不了，他们太爱人类了。我每次到你们家来，他们只顾高兴，从来没有露出要保护你们家当的样子。他们对任何人都是如此吧，他们不是看家狗。"我的朋友是对的，我们家的狼狗不是看家狗。他们太信任人类，想不到我们家有什么是需要保护的。特别是我们从来没锁过门，我们的房屋、庄园时时刻刻都是敞开的，从我们搬进去就没锁过。他们以为世界就该如此。他们生活的目的就是给我们带来欢乐。他们也以我们的欢乐为欢乐。我生活中很多欢乐的时刻都是和他们一起分享的。春夏秋冬，我和思彬常常带他们去爬山，或到海滨去看海，他们在山上追逐蝴蝶，在海滨和海浪嬉戏，那种我们共同分享的纯真的快乐，是人生的至美吧。

# 羚羊：荒原上的芭蕾

哈特山国家羚羊保护地坐落在南俄勒冈和内华达州交界的荒原地带。从地图上看，羚羊保护区占很大的一块地，面积2700多万英亩，与这个羚羊保护地接壤的是内华达州的另一个羚羊保护区。两个保护区的面积加起来，差不多有欧洲的小国比利时那么大。羚羊，英文的名字是antelope，是一个集合名称。在这个名称下，有各种更具体的羚羊，他们的名称都不一样。对我这样一个动物学初学者来说，羚羊我是有感性认识的，多年前在北京动物园见过。我记得羚羊的位置在动物园的西南部分，常常，在黄昏的光芒中，三五成群的羚羊，好像小姑娘似的被遗忘在动物园不那么热闹的地方。羚羊似乎跟鹿很相似，他们似乎都胆小、灵敏。除了这点皮毛知识外，我对羚羊其实一无所知。那天翻家中关于羚羊的书，得知羚羊是北美哺乳动物中跑得最快的动物，我居然大吃一惊。据书上说，羚羊短跑的速度可达每小时70~84英里，也就是100~120公里。那天傍晚思彬下班回来，我得意地告诉他我的新发现。思彬说，那这个周末咱们就去看羚羊吧。

我们踏上了观察羚羊的旅程。正是八月，夏天最热的季节。思彬把东西往车上搬的时候，我看见我冬天的大毛衣也被他扔到车里去。网上的羚羊保护区指南中写道，"如果你喜欢与世隔绝，你将喜欢哈特山国家羚羊保护地。因为这里彻底与世隔绝，不喜欢与人来往的卷角羚羊、大角羊、麋鹿和圣草鸟类都在这里安家。"解说词强调这里与世隔绝的程度。住在我们的庄园里，四周没有邻居，只有森林，只有房子前后的潺潺溪流，只有我们家的三只狼狗，我觉得够与世隔绝了，如今要到更与世隔绝的地方，我说，我们要走回远古吧。思彬说，恐怕比远古还远古呢，因此我们要带好水、食物、火柴等等，以防万一。

我们开车穿过南俄州绿色苍翠的崇山峻岭，穿过渺渺的湖泊和一个个荒凉的小镇。美国西部的小镇，有种隔绝的苍凉。一百多年前，这些小镇也许很热闹，因为从东部来的移民们源源不断地到西部探险，这些小镇是提供休息的绿洲。这种小镇，我们在很多西部电影中可以看到，亲临其境的时候，这些小镇好像电影演员卸了装，却无处可去，孤单单地在苍凉中黯淡下去。我在小镇的街上伸伸腿，走来走去，拍拍空无一人的街道。空荡荡的街道本身就是哀伤的诗歌。

快中午的时候，我们开始接近荒原了。从西海岸开过来，我们一直在往高处走，接近荒原时，海拔已经3000多英尺了。我时不时地查看我们的海拔仪。随着海拔的增高，不同高度有不同的植被，主要的树木是松树和杉树。思彬对各种松树杉树了如指掌，他有一个爱好是收集松塔，我们家松塔的种类有80多种，因此，观看因海拔高度而改变的植被是我的另一门自然课（关于丰富有趣的植物，我将来有机会一定要写一本书）。我眼看着树木愈来愈矮，绿意愈来愈淡，草愈来愈黄，天气也从西海岸家中出来时的晴空万里，变成云层叠叠，厚重的云层好像大海的波浪一样在天空翻卷。

接近荒原，我真有一种向远古走去的感觉。天愈来愈苍苍，野愈来愈茫茫。风吹，草低，不见牛羊，不见人烟，不见别的汽车。只见渺无人烟，天野一色，绵延上百里的土黄色，植物茂密，可是都是干干的、一丛丛的、一团团的，好像一家人抱一个团一样。从远处看，看不出是植物来。盛夏，正是草木旺盛的季节，荒原上却像是深秋一样肃穆。厚厚的云层，压在荒原上，显然阴雨就在什么地方蛰伏着。进入这种境地，我说话都变得小声起来，好像怕惊动这亘古不变的寂静。我看看车的车速表，思彬在这个荒蛮的地方，开车也野蛮起来，车速居然是每小时近百英里。我只听见车飞一样的"嗖嗖"的声音。我暗称，幸好公路好像是新铺的、笔直的，不用担心路面不好，会出事故。

车飞着。突然，我们看见了一个土红色的峡谷掉在我们的旁边。这个峡谷好像从天而降！原来我们一直在往高处开，实际上我们已经在高原顶上了。峡谷就在我们脚下。乔木、灌木、矮树林等等，都是土红色的，颜色如此美丽。我们停车，出来走走看看，在土红色的峡谷中开满星星一样的各种各样的野花。这种土红色和灰色的天空搭配，一直是我爱的和谐的颜色。眼前的景色，和谐美丽得不太真实。我本想采几朵野花，作纪念。思彬制止我，说，这里的植被很珍贵，千万不能采，一朵花也许要好些年才长出来。他指给我看一种黄绿色的苔藓，说，那可是地球生命的起源。我吓得走路把脚都高抬起来，怕压着脚下珍贵的地球生命的起源。想想看，没有他们就没有我呀！再看看思彬，蹲在地上，观看一种小得几乎看不清的花，紫色的，小得像小米粒，仔细看，居然还有几个小花瓣。他啧啧称奇，说这是第一次看见这种花，不知名字是什么。我想，我就是天天看见的花都不知名字是什么呢，有什么大惊小怪？

继续开车之后，我们真正进入了羚羊生活的保护区。保护区建立在峡谷群山之上，向东绵延上百里。高原之上，莽莽荒原之中，我东张西望地找羚羊，奇怪的是一只羚羊也没见。眼前所见的就是苍莽的荒原，壮大、无边、苍凉、苍老。亘古以来，荒原就是如此沉默，如此无言，只有微风掀动荒原的波浪。我们决定先到羚羊保护区办公室去，问问情况，探听一下羚羊的状况。到达只有几间简朴的木屋的办公室的时候，我从车里下来，才知道车外居然如初冬一样寒冷。思彬把大毛衣递给我，我裹好自己，站在那个孤零零的办公室外的消息板前，看地图和解说词。思彬进去打听情况。

原来，在白人的足迹没有踏进荒原之前，荒原上的羚羊多得数不清。最早奉美国总统之命来西部探察的梅瑞维特·路易斯和威廉姆·克拉克在他们的西行日记中写到，"这种动物，我们美国对此，还一无所知。"路易斯上尉还记录道："这种动物的灵敏度和超级飞奔的速度，使我真的非常吃惊。我想我可以有把握地提出如下的论断：这种动物的速度可以和飞得最快的飞鸟相媲美，如果不是更高的话。"在1800年左右，西部大地生活着四千万头羚羊。羚羊浩浩荡荡，在土黄色的荒原上，成群结队地生活在一起。那种雄壮的景象，我闭眼可以想象得出来。

梅瑞维特·路易斯和威廉姆·克拉克是美国的英雄。我对他们的日记非常熟悉，因为四年前我在俄勒冈大学教比较文学入门一课时，要求学生读过这本书。对美国的历史和文学，我总是怀着复杂的感情，我热爱美国探索的精神，热爱那些美好的书，但是对美国的探索精神导致的后果又有深深的愤怒。路易斯和克拉克的西部探索，扩大了美国的版图，西部从此成为美国的一部分。但是，源源不断东来的移民们，在向西开发的过程中，把很多动物都赶尽杀绝。羚羊的命运也不例外。羚羊和狼，和卡优逊，和许许多多的动物，都成了大屠杀的牺牲品。屠杀的目的是获取暴利——买卖那不需一文就得到的羚羊肉。在我看来，移民西来持续近百年的大屠杀，不亚于德国纳粹对犹太人的屠杀。百年对动物的大屠杀，无法抗拒和抗议的无辜的动物们，那和我们共同分享地球的动物们，几乎被杀绝了。动物不能发出声音来抗议。动物没有力量和人类的武器抗衡。在我看来，对动物的屠杀，犹如屠杀不会说话的孩童，屠杀没有武器的犹太人民。人类何等残忍、残酷、残劣，何等不人道！据说，大屠杀的羚羊肉，成堆成堆地由火车送往东西两个海岸。就是肉多得人们都吃不了，对羚羊的屠杀也没停止。1860年左右，两毛五分钱可以买几百磅羚羊肉，以及三四只整羊。

　　美国的特有的一种羚羊，卷角羚羊（pronghorn），就在无休无止的大屠杀中，基本上被杀光杀绝了。这种羚羊，是北美西部特有的动物，在世界上也是独一无二的。如我惊讶地发现的，卷角羚羊是北美跑得最快的动物，也是地球上所有哺乳动物跑步的亚军，仅次于非洲的猎豹。如果是中短跑，如五百米以内距离，卷角羚羊是地球上所有动物的冠军。但是，卷角羚羊不仅在短跑中首屈一指，而且他们的身体也是天然地为长跑而创造。一般来说，非洲的猎豹在三百米后速度就降下来了，卷角羚羊可以以每小时八九十公里的速度跑三四分钟，并保持每小时45公里的速度跑八九公里。甚至一个被生下来只几个小时的小羚羊，也可跑到60公里的速度。羚羊的能力自然是亿万年的生物进化发展而来。如今，有报道说，羚羊有时完全是为着好玩，和汽车，和草原上的牧马人赛跑。这种情景，一定很有意思。

　　卷角羚羊为什么如此善跑？因为卷角羚羊有奇特的氧气吸入功能。一只卷角羚羊消耗的氧气是同等身材的其他动物的三倍！羚羊的肺和心脏都很大，他们的呼吸道也不同寻常，又宽又大又厚实。这三者加在一起，保障了羚羊消耗大量氧气的特性。卷角羚羊跑步的时候，嘴巴大张，并非他们累，而是扩大氧气吸入量，增加活力，同时，他们的蹄子很小，和地面接触面很小，跑

起来好像没有阻力一样，再加上，他们的腿是特殊材料制成的，极其有力。

我仔细看着卷角羚羊的照片、图片。卷角羚羊是一种极为好看的动物。他的名称就是从他的角来的，两只高傲的角，角头有些弯曲。面目善良，温柔，一只成年的卷角羚羊高90公分左右，雄性重50公斤左右，雌性30～40公斤。他们的身上穿着明红加褐色的上衣，有黑色和白色的斑点，下衣通常是乳白色的，好像是一条裹身裙。雄性的在耳朵下、脖子上，有一撮明显的黑色皮毛，雌性没有，因此雄雌分明。他们的脸颊和脖子下都有白色的皮毛，一旦有敌情，这些白色的皮毛则竖起来，闪闪发光，给彼此警告，在很远的地方都可以看到。他们的腿不太长，但他们的身高正好略高于荒原的植被，这样，他们可以眺望远处，一旦发现危险临近，立刻采取措施。

思彬从办公室出来，手里拿着保护区工作人员给他的地图。他说，目前有20多群羚羊在附近出没。羚羊主要在保护区东部。我们可以先到保护区东部的温泉去。那个温泉是这里最著名的景点之一。或许在路上我们会看到羚羊和其他动物。我们进了车，向荒原深处开去。由于公路不再是柏油的了，车开得相当慢，我觉得我们好像成了一艘小船，在荒原的波浪中慢慢地航行。思彬告诉我，这个保护区一共有300多种野生动物，其中，239种是鸟类，所以，今天我们不仅来到羚羊之家，也来到鸟的天堂了。这里还有42种哺乳动物。大部分的哺乳动物常年在这里，鸟则是季节性的。我问他何以知道得这么清楚，他说，刚才他在办公室，正好和一个本地生态学家聊天。这个生态学家正在写一本新书，所以思彬就有了关于本地的最新的知识。我在和他说话的时候，把我们的望远镜擦了干净。我们一共有三个望远镜，是不同倍数和距离的，我要时时刻刻都做到有备无患，一旦看到鸟和其他动物，我们不必抓瞎。我很得意，觉得自己像个野外动物学家似的。思彬对数字有种特殊的天分，什么数字，说一遍他都记得清清楚楚，电话号码啦，门牌号码啦，只要是数字的，他的脑子好像是计算机，立刻输入进去。我对数字天生迟钝。任何数字号码从来没有记准确过。不仅仅是因为我是学文学的，只对语言敏感，而且，照思彬的话说，我有先天性学习障碍综合征——这个病是来美国后才听说、明白的。所以，听他讲数字，我说，快记住，我将来好问你。我写这段的时候，还问了他。

我们就慢慢地向荒原东部驶去。看看海拔表，我们已经在海拔五千多英尺的地带了。这里表面上看是干旱的荒原，实际上由于是突出的高原，有很多潜流、溪流，这是为什么羚羊在这里生活的原因。卷角羚羊一般居住在靠近水源的地区，虽然卷角羚羊有时也可以数天不吃不喝。卷角羚羊什么都能吃，他们也可以吃那些一般动物都不吃的植物，比如仙人掌类的植物；同时，他们对吃的东西也非常讲究，他们只吃嫩的、绿色的植物的根，不吃粗糙的叶子。有的动物只吃植物的叶子，羚羊只吃根，好像他们都签订了合约一样，到达了共产主义的各取所需的理想境界。

卷角羚羊的好视力是著名的，个个都是火眼金睛，他们的视力可以清楚地看见六公里外的东西。我们人类，连半公里外的东西都看不清楚。他们的视力还与人类不同的是，人类的视力是直线型的，我们只看见一点，其他的只在视野之内。羚羊的视力是片状的，他们看清楚的东西是一大片。所以他们住在荒原上，因为视野之内，辽阔之极，正适合他们的习性。卷角羚羊还是非常喜欢交往的动物。他们通常二三十只住在一起。只有在春天，雄性羚羊才自己组成一个群落，然后开始角斗，只有胜利者才有和雌性交配的权利。通常，一个雄性的卷角羚羊有七到十个妻妾。角斗保证了只有最强有力的雄性才把基因传下去。那些弱男，就只好叹气了。不像我们人类，什么破男人都可能找到一个女人。我有时在街上走，看见很不堪的男人也有女人，常常忍不住想，这些男人要是在动物世界，是不是就只好看着别的动物交配叹气？

卷角羚羊差不多在十五六个月的时候开始渴望交配。怀孕期是八个月左右，一般一胎生两个孩子。我想他们很懂得多快好省的原则，因为一旦有一个夭折，还有另外一个存在。羚羊母亲一般照顾孩子三四个星期，孩子就加入群中，和其他小羚羊一起玩了，就像我们人类的幼儿园一样。晚上睡觉的时候，小羚羊才找妈妈。有趣的是，羚羊是基本不生病的动物，除了被其他的动物吃掉外，他们没有生病而死的问题。

我们大概行驶了四十多分钟才到温泉所在地。温泉实际上是荒原地表上的两个很大的洞，碧绿的水，看不出热水雾，大概是高原太干的原因，水雾都立刻蒸发了。这个温泉很原始，旁边有几个木板凳，是人们放衣服的，四周一览无余，十几米之外，就是荒草。我们把车停下后，太阳居然从云层中露出脸来，苍白的阳光不让人觉得温暖。所以，思彬和我就高兴地跳进温泉里，享受天然温泉。水碧绿极了，躺在水中，可以感到温泉缓缓地流动，水温简直是完美，比我们家里的温泉池还舒服，特别是在开车这么久之后，这种享受，简直是地作天合。更让人心底平静如水的是，此地此刻，除了我和思彬，荒无人烟，好像我们真的回到人类的远古、人类的最初。

温泉里有一些高高低低的岩石，正好可以满足我们一会儿坐起来、一会儿躺下去的愿望。我们躺在温泉里，闭上眼睛，手拉着手，听着荒原上风吹动的声音。我迷迷糊糊地好像睡着了似的。忽然，思彬大叫一声，吓得我失去了平衡，慌忙睁开眼睛的同时，掉进温泉深处去了。我一定是像个垂死挣扎的人一样，奋力蹬水，浮出水面时，我才明白发生了什么。原来，原来，一群羚羊正在我们眼前！离我们十五米左右。

这群羚羊大概不到20只。他们显得很悠闲，有的在吃草，有的在低头喝水。他们一定是看见了汽车。但是汽车对他们好像不是什么威胁，因此他们没有被惊动的迹象。我看看思彬，他左手捂住自己的嘴，显然他在制止自己的声音传过去。我再看看羚羊，有几只羚羊在蹦蹦跳跳的，好像是芭蕾舞演员，荒原的草正好到他们的肚皮左右，因为我自己的地势很低，几乎和地表是平面，他们好像是在高出我一截的舞台上。我看他们看得清清楚楚，他们的美丽羚角、蹦跳的身体，在麦色的草丛中来回摇动，好像是在跳舞，而且跳的是优雅的芭蕾！

我屏住呼吸，惊呆了，惊奇地看着羚羊们的舞蹈。他们行走的身体是那么娴雅和优美，看他们的行走神态，你不得不相信此刻世界是完美无缺的、浑然一体的。自然之神在导演一出天然的芭蕾舞剧，这舞蹈不是给人类看的。人类只配偷偷地窥视这一瞬，而这一瞬，也是永恒了。我有幸就在这一瞬看见了无比的、纯正的美。

我悄悄地说，我们得去汽车里拿相机去照相啊。思彬摇头。不。努努嘴朝羚羊的方向。看。

看，这一瞬！

无边的天空下，只有羚羊们在自得其乐地漫游。显然他们在享受这个夏日的下午，已经四点多了吧，太阳西斜。我觉得我是真的活在史前时代。在亿万多年前到一百多年前，地球上的动物一定是这样生活的。我就是那史前的女人，在天然的温泉中沐浴。我的伴侣，就在我的身边。我们将这样老去，太阳落山，太阳升起，我们就这样在羚羊的芭蕾舞中老去！

羚羊们缓慢地移动走了。我和思彬使眼色，从温泉中出来，抓起衣服，弯着腰，向汽车跑去。我们仍然打扰了他们。他们竖起脖子，开始慌张地奔跑起来。当我们跑到汽车前，拿起相机，羚羊们已经奔跑起来。他们奔跑着，我们两个相机咔嚓咔嚓地响，可是我们只拍到了他们的奔跑的背影。

天苍苍，野茫茫，他们转眼就不见了。

这个漫长的夏天的下午，我和思彬就在这个保护区里，时而开车，时而下来走，看各种各样能看到的动物，大饱眼福。我们后来又看到两群羚羊，但是他们都在成群结队地跑来跳去，好像是芭蕾舞的高潮，转眼就不见。我对思彬说，柴可夫斯基一定没有看过羚羊，羚羊比天鹅更是天然的芭蕾舞演员啊。

本想夜幕降临之前我们再回到温泉去，因为羚羊是很好奇的动物，他们一看到危险就跑，跑一段时间，他们就会停下来，然后再走回去，因为他们想弄明白到底危险是什么。本土印第安人和现代的狩猎者都常利用羚羊的这种好奇的特性，常常挥舞扎了布条的棍棒或他们的长矛，吓唬羚羊。羚羊一会儿就会回来，查看到底那些奇怪地在荒原中挥舞的是什么，而被捕获。我想，如果我们还回到那里，可能羚羊还会回来。可是，守株待羚羊？嘻嘻，还是明天再来吧。

晚安，荒原中的芭蕾舞演员们！

参考文献

Lisa Hutchins, Prairie Racer: The Pronghorn Antelope. North America
Pronghorn Foundation, March 1999.

# 飞翔的卡优逊

卡优逊(coyote)是一种介于狼与狗之间的动物。他个子不太大，好像一只中等身材的狼，他的身体和面貌也像狼。他有一双长而机警的耳朵，一条丰厚的尾巴。他的毛色大部分是灰黑或灰黄的，他的眼睛锐利，闪闪发光。中文把卡优逊翻译成草原狼。我觉得翻译得不太准确，因为，卡优逊不仅在草原，就是在山脉连绵的南俄州也常常出没。今天清晨，我又被卡优逊的嚎叫声唤醒。卡优逊的嚎声是如此昂扬、凄厉，我躺在床上，倾听他们之间的呼唤，好像是黎明的呼唤本身。一时间，我觉得自己好像是生活在很多年前，那时印第安人还平静美好地生活在此地。那时，白人的枪炮还没有把卡优逊赶尽杀绝。矫健的卡优逊在山野中到处奔跑，好像是飞翔。他们如灰色的闪电在山野草原上飞翔。

"飞翔的卡优逊，飞翔的卡优逊。"我喃喃地说。思彬听了，推推在梦中的我，"你说什么？卡优逊怎么会飞翔？"

"是啊，卡优逊在飞翔，在飞翔。"

我心目中的卡优逊在黎明的呼唤中飞来飞去，是黎明的守护神。


我第一次见到卡优逊是在俄州东部的国家野生羚羊保护地。那天我们在荒原里跟羚羊转了一天，羚羊好像是芭蕾舞演员，在天苍苍野茫茫的背景下跳着自得其乐的芭蕾舞。他们成群结队地在草原上徜徉、漫步，我和思彬在荒原中的天然热水池里享受温泉浴，看羚羊在我们左右跳来跑去，享受和羚羊共度时光的安闲和优美。

下午我们正在开车穿过莽莽的荒原，突然，在荒原的远方，我看见一道闪电似的飞翔的动物，惊呼起来，"快看哪，那灰色的奔跑的是什么？""是卡优逊。"我们停住了车，卡优逊飞奔过来，从我们身边奔跑过，又转眼消失在荒原里，好像是一道不真实的闪电。我好像不相信刚刚跑过的就是卡优逊，因为，思彬爱卡优逊到这种的地步，我们家在公众电话簿上的假名就是卡优逊。他还常常自诩为卡优逊，比如，他的车牌是："卡优逊医生"。在这样崇拜热爱卡优逊的家中，我看过无数卡优逊的照片，也念了好几本关于卡优逊的书。但是，活的卡优逊，我还是刚刚惊鸿掠影般地看到。我叹气，"卡优逊？跑得那么快？我什么也没看清楚。"我焦急地寻找着卡优逊的影子，草原上只留下卡优逊奔跑后的扬尘。


卡优逊是北美洲特有的动物，由于他面目像狼，习性也与狼相仿，自从人类侵略野生动物栖身地以来，就被野蛮的早期移民，在打狼的同时，也当作狼而消灭了。一百年前在北美自由奔跑的卡优逊，现在只在国家黄石公园等自然保护区里繁衍，数目也不太多。近年来，生态学家发现，卡优逊是北美生态链中不可或缺的动物，这两年，美国东北部缅因等州开始保护卡优逊，不许狩猎卡优逊，卡优逊似乎终于有了一个比较平静的环境重新发展起来。

两百年来，由于移民的扩张，美国版图的扩大，越来越多的移民向荒山野岭移居，与卡优逊争夺家园。卡优逊在和移民争取自己家园的斗争中，被人类的先进武器驱赶得走投无路。有的时候，他们就铤而走险，袭击牲畜，夺取口粮。在冒险和人或牲畜的搏斗中，卡优逊的智慧或奔跑的速度往往决定了他的成败。由于早期移民对卡优逊无可奈何，他们痛恨卡优逊，骂他是比狼还狡猾的狼。卡优逊在美国的文化中被看成是狡猾的象征。

但是卡优逊在自己的家园里享有各种各样的美誉。美洲本土的印第安人称卡优逊为"上帝的狗"。因为卡优逊极为聪明、灵敏，因为卡优逊是印第安人的朋友，因为卡优逊是北美特有的孩子。在白人的脚没有踏上北美的土地之前，卡优逊和印第安人一起和睦生活，共享这片美丽的土地。


我手中有一本书，名字就叫《上帝的狗：北美的卡优逊》。作者是侯普·莱登，一位女动物学家，也是电影工作者和摄影家。侯普·莱登在20世纪70年代中期，用两年的时间，只身前往黄石公园附近的野生荒原，观察卡优逊的生活习性。两年的春夏秋冬，她住在一个简陋的帐篷里，每天记录卡优逊的生活，观察他们的行为方式，拍摄他们的行踪。风吹日晒，餐风露宿，两年的研究使她写了这本为与我们共存的卡优逊带来了新的理解的书。

坦白地说，在读这本书之前，我一生还没有读过任何"动物文学"。动物文学在中文中是不存在的一个种类，这类文学犹如报告文学，但通常都是由专业工作者写的，是对某种动物的长期观察的描述、介绍。美国的动物文学极为发达，不仅有各种各样的关于世界几乎所有种类的动物的入门介绍、深入介绍的书，很多书还都写得有声有色、引人入胜，不仅仅是专门读物，也是大众普及读物。比如著名的《国家地理》杂志，就是这类文学的一个月刊。当然《国家地理》杂志还有人类学的性质，不仅仅是动物文学，很多时候是人类学、旅游文化的综合。（在这里的动物文学中，还有以动物为主人公的纯文学书，比如，以猫为主人公的小说、散文，我在南俄州小城阿石岚的一个小书店，就看到有一书架的书，都是关于猫的。）不过我这里说的动物文学不是虚构的文学，而是纪实的，这些书往往是作者的第一手资料或亲身观察写成的，他们必须在科学观察上绝对诚实。这些书也如同任何学术著作一样，有目录索引和引用资料、参考书目索引等等，是学术和动物文学的合成。动物文学的存在与西方对环境自然的

Coyote

研究当然有根本的联系，也与这个社会对人和动物的关系相关。打开《上帝的狗》这本书的时候，我绝没有想到这本书会给我打开一个世界，打开了一个人类想象力也无法企及的美丽的世界。看完这本书，我最强烈的想法就是，我怎么没在十岁的时候读这本书？如果我十岁的时候有机会读到这本书，如果我有机会选择未来，我敢肯定我会在这本书的影响下，成为一个动物学家，以观察和描写动物为我终生的职业与爱好。

　　侯普·莱登在观察中发现了一家卡优逊。她跟踪了这家卡优逊两个春夏秋冬，记录他们的生活。她发现卡优逊是一夫一妻小家庭为核心的动物。通常，他们由父母和两三个孩子组成一个生存集体。孩子长到两岁以后，会离开家，寻找伴侣，再组成一个家庭。卡优逊寻找伴侣的过程通常要一两年。他们对寻找伴侣十分谨慎。一旦组成家庭，夫妻终生不离，共同分担抚育孩子的责任。如果夫妻一方遇难或去世，未亡的幸存者会保持对伴侣的忠诚，不会再结新欢。
　　没有人可以解释为什么卡优逊的社会结构是这样的。如果孩子小，父母出去寻找食物，需要有人在家照顾他们，通常，卡优逊孩子的姨妈会被请来照顾孩子，这样，卡优逊的家庭往往有两个成年的雌性、一个雄性和孩子。他们被称为一个"群"。当孩子长大到不需要别的成年卡优逊照顾时，夫妻往往把姨妈驱逐出他们的家庭，有的姨妈恋恋不舍，不愿离开，就可怜巴巴地尾随着"群"。除非姨妈自己找到丈夫，不然她往往孤独而死，到严寒的冬天的时候，或被冻死，或被饿死。

侯普·莱登还发现，卡优逊保持着很多不可思议的社会关系。比如，卡优逊家族每年都有聚会，好像人类的亲戚家族一样。每到春夏之交，成群的卡优逊会聚集在一起，欢庆新的美好季节的到来。至于卡优逊之间怎样组织这种聚会，人类对此还一无所知，不知他们到底怎样交流信息，卡优逊的语言对人类而言也还是个深深的谜。

卡优逊夫妇每天都要到处寻找食物，抚养他们的孩子和喂养自己。他们通常是夜出晨归。每到清晨的时候，卡优逊通过嚎叫来呼叫彼此。父母通过嚎叫，告诉孩子他们正在往家走的路上。孩子通过嚎叫，告诉父母他们一夜平安。长短不一的嚎叫诉说着彼此的关切、爱和亲情。

卡优逊非常警觉，一旦发现有人看到自己的家，就马上搬家。有一天，侯普·莱登看到卡优逊母亲特别忙乱，过了几天后她才明白，那位警觉的母亲一天之内挖了三个家，把自己的三个孩子放在不同的地方，大概这位母亲感到了什么危险，为了保护后代，她狡兔三窟，仔细而周全地做不同的防护措施。

侯普·莱登还发现了一个有趣的故事。来家里照顾小卡优逊的姨妈过于恋眷小卡优逊，引起了卡优逊妈妈的忌妒。姨妈似乎对卡优逊爸爸也非常热情，但卡优逊爸爸对姨妈的热情反应得极为冷淡，姨妈经常自己怏怏的。在小卡优逊们可以自己在家等爸爸妈妈回家，不太需要时时刻刻的照顾后，卡优逊妈妈开始驱赶自己的姐妹，把她咬出群去。姨妈无奈，在不停地被驱赶之后，只好一个人，在不远处住了下来，以便偶尔可以看到她挚爱的小卡优逊们。

侯普·莱登追随了这一家卡优逊两年。在为《国家地理》杂志写完该写的文章后，她又重返旧地，访问与她一起过了两个春秋的老朋友们，虽然这些朋友不知道她的存在。因为如果机警的卡优逊发现了她，他们就一定会搬家。令她兴奋的是，这一家卡优逊还在，当然，他们已经搬了家，而姨妈也不见了。也许姨妈已经找到了自己的终生伴侣，组成自己的家了。


去年在国家大峡谷公园，一个清晨，我和思彬沿着大峡谷，驱车前往峡谷的深处。因为天还早，公路上没有其他的车，我们沉浸在黎明的霞光和大峡谷的辉煌之中。大峡谷被称为世界七大奇迹之一，辉煌美丽得让人不敢多看，庄严肃穆得让人不得不成为某种宗教徒，因为人类的手不可能有这样的神工，只有神才可能把大自然造得如此耀眼夺目。突然，我们看到了一只上帝的狗，他就站在公路上，在公路当中，我们紧急刹车，才没有出事故。更让我们惊奇的是，他还站在那里，仰头看着我们。我们的车和他只有三四米的距离。这是一只很年轻的卡优逊，身体是灰褐色的，两只耳朵立起来，那双眼睛，那双蓝绿色的眼睛——我永远也忘不掉的眼睛——灼灼地闪动着蓝绿的光芒，天真、信任地看着我们。思彬抑制不住他的激动，推开车门向卡优逊走去。我猜他是觉得这只卡优逊看见了自己。我甚至很担心他会把卡优逊吓跑。卡优逊倒退了几步，观察走过去的思彬，他们两个站在那里久久注视彼此。霞光就在他们的身后，大峡谷也在他们的身后。这一切如此不真实，好像是幻影，好像是梦幻成真。我拍下了他们彼此注视的镜头，愿我看到的不可能的美丽是真。

思彬站在那里，手里拿着一瓶水，他以为卡优逊一定是在找水，在这个峡谷地带，水不太容易找到。他把水倒在路上的一个小坑里，卡优逊用鼻子闻了闻，啜了几口水，思彬跪下来，伸出手，想去抚摸卡优逊。突然，这只上帝的狗飞了起来，他好像飞翔似的，飞奔进了莽莽的树林里。思彬似乎怔怔的，没从惊异中反应过来。我坐在车内，看着他和卡优逊的交流，看着卡优逊的突然飞翔，在一瞬间，我知道刚才看到的是真真的千载难逢的一刻。我抬头望向卡优逊飞奔的方向，太阳正冉冉升起，我好像看见卡优逊在大峡谷的褐红色的背景下，闪电般地飞翔。是的，飞翔的卡优逊，卡优逊在飞翔。

# 一只鸟的信任

新年这天，思彬、儿子岸岸和我决定到我们家附近的阿石岚山滑雪。阿石岚山坐落在加州和俄勒冈州交界处，很有拔地而起的气概。在俄勒冈州南部美丽的群山中，阿石岚好像一峰独秀，昂然屹立在四季常青、波浪起伏的山峦中。阿石岚山下是优雅的阿石岚小城，这里以一年一度的整个夏天的莎士比亚戏剧节闻名世界。奇妙的是这里的气候。冬天，阿石岚城跟俄勒冈州太平洋地带的气候一样，雨水绵绵，绿树常青，鲜花盛开。然而，开车向山上只走十分钟，就转眼跳进了隆冬，大雪封山，完全是冰雪的世界。正因为这个气候特点，阿石岚山是加州和俄勒冈州的滑雪胜地，阿石岚城变成了旅游热点，人们在这里可以在隆冬时节同时享受深冬和初秋的美丽。

我们家离阿石岚山只有40多英里，开车不到一个小时。冬天的俄勒冈南部，到处都是湿漉漉的绿意，一冬的雨水滋润着山林树木，走起路来，脚下是雨水浸透的土地发闷的声音，连空气都是湿厚的，好像一把就能攥出水来。我喜欢俄勒冈州的天气，湿润温暖的冬天那么舒适安逸。出门的时候，我怀疑天气这么暖和，阿石岚是否雪下得足够大。思彬对我说，"你不用担心雪，你还是担心你的滑雪衣够不够暖和吧。"他说着，把几件我们很少穿的厚毛衣放到车里。

开车穿过阿石岚小城，来到阿石岚山脚下，我看不到任何雪的痕迹。天气阴沉，雨丝轻轻飘落，常青的树木在雨水中绿得深沉。我仰头看看群山，好像不太相信雪山就在附近。思彬把车停下来，把雪链安装在车尾后，我们就开始向山上开去。不过三五分钟，我们就看到雪。最初雪是薄薄的一层，挂在树丛上，道路两旁是堆积的雪堆，是铲雪车清扫道路时堆在路旁的。越往上走，雪越厚，八九分钟后，我们的车就进入一个冰雪的世界里了。树都被雪裹白了，道路已经有冰冻三尺的迹象，铲雪车在这里工作已经无能为力，道路是厚厚的积雪，车开在上面，吱吱地响。我们的车速只能是20迈左右，在盘山道上攀升。又过了五六分钟，我们就到达了彻底的冰雪的世界，白茫茫的世界。树木都是冰雪的塔形，除了冰雪，我们看不到树木和群山，世界像童话一样洁白、美丽、神奇。我们都愣了，惊呆了，欢呼着，天，太美了，怎么也想不到！简直就是童话书上的风景！我感叹着，虽然这并不是我第一次来这里。夏天的时候，我和思彬来爬山，秋天的时候我们来采摘香蒿做熏衣服的香料，冬天的时候我们来滑雪，我似乎应该习惯了这里骤然变化的风景。但是，我每次来都是同样的惊异和惊喜。大自然的美丽似乎永远是出人意料的。特别是今年的雪特别丰厚，白雪皑皑的群山，好像是到了天外或神州的天仙境地。车又开了几分钟，我们就到达山上的滑雪中心了。

　　滑雪中心前的停车场停满了车，在风雪中隐隐约约的。当我们把车停稳、跳下车去的时候，我才感觉原来冬天在这里！彻骨的严寒让我一激灵，赶快跑到车后拿我的毛衣、大衣，全部披挂上。风雪弥漫，山风凛冽，风雪大得看不见五步之外的景物。滑雪中心的木制建筑的二层楼，在风雪中也时隐时现。看到风雪那么大，我说咱们还是别去滑雪道上滑雪吧，风雪太大，太危险了，不如就到这边山上去玩。岸岸拿着他的滑雪板，思彬递给我一副厚手套，我们就往山上走去。

　　几年来我们每年都来这里滑雪或就在雪中散步，但是今年的雪这么大，我还是觉得很兴奋。走过一个拐角儿，风雪突然变小了，因为滑雪中心坐落在山口，所以，风雪弥漫狂舞，但是走到200米之外，就风平浪静了。雪无声地落下，在银白的世界里，不知道雪是从天上落下，还是从风中吹来，或是本来就在空中飘浮。我们身边走过滑雪的人们。岸岸兴奋地在前面跑，把他的滑雪板放在雪坡上，往山下滑。我几乎是在跳舞，手舞足蹈，好像有音乐在空中激励着我舞之蹈之。思彬一如既往，大步向前，在风雪中，他紫色的风雪帽好像是一朵紫色的鲜花似的。走了一会儿，景色变了，雪似乎停了，但是，道路也不见了。我们停下来，惊异地看着四周，看着左右——如果我们还有左右的概念的话，因为突然，我们好像到了一个纯粹白色的宇宙，没有边际的白色，我们好像不是在道路上行走，而是在白色这个颜色本身上行走，世界失去了立体感，失去了前后左右！这是我一生没有过的经验。我呆呆地环顾周围，意识到周围的消失，只有白色的雪，空中、脚下、前后左右都是纯白的雪。岸岸不见了，我听得见他的笑声，但是他隐藏在白色之后。思彬站在我的旁边，不，他好像站在白色之上。我忍不住伸出手去摸他，"你存在吗？"他握住我的手，我看着他，他不是站在那里，他是立在空中，在白色之中。怎么回事？我大叫起来，我们在纯白色的雪中，我们失去了立体感。我叫起来。思彬答应着，是的，我们失去了立体感，因为立体感是不同的光影作用的效果，一旦失去光影，我们就没有立体感了。他解释着，他的科学训练那套马上就跑出来，把神秘都弄成不神秘了。我好像没听到他的话，沉浸在立体消失的纯白色的惊异、恐怖和兴奋中。天空、脚下、左右都是同样的颜色，同样的洁白。如果，是的，如果有那么一天我们死后进入天堂，天堂的甬道一定是这样的，美丽，洁白，没有立体和空间，没有边际，有的只是纯洁的白，照亮生命的白。思彬挪动他的脚步，我惊呆地看着他走——他是在白色之上走，在一个白色的平面上走动。岸岸突然出现了，他是在一个平面上露出了他鲜黄的滑雪衣。转眼，岸岸又不见了，他消失在白色的平面。

我开始走动。我感到我走在白色的边缘上。边缘是想象的，因为在纯白色之中，实际上是没有边缘的，一切都成了平面。我紧紧地握住思彬的手，怕他或我会突然消失在白色的平面中。我走了几步，好像我时刻都会掉进白色的深渊中。我说不走了，怪害怕的。思彬说，别怕，不是很好玩吗，我们像是在电影里，在

外星上。我说是啊，我的声音都被白色弹了回来，我听见自己的声音，在白色中回荡。就在我立定雪中，环顾四周，感受这非凡的时刻，突然，一只灰蓝色的鸟出现在我们面前。好像这只鸟划破了白色，从天外翩翩降落。此刻，连思彬也愣住了。岸岸又出现了，我们都定住了，盯着这只不可思议的浅灰蓝的鸟。思彬是观鸟者，他竟不知这是什么鸟。他连连说，"我不知道这只鸟的名字。"好像在安慰他自己，在抚平他自己的惊讶。我说，"我们回去吧，不再走了，我们回去吧。"这只鸟似乎告诉我不要再往前走了。我的恳求好像是命令，我们都调头往回走。奇怪的是，这只鸟跟着我们走。他其实是一只挺大的鸟，身长有七八寸，两翼是浅灰蓝色的，头是深灰色的，脖子是天蓝色的，一双圆圆的深褐色的眼睛，机灵地看着我们。他尾随着我们，在我们身后蹦跳着，跟我们一起往回走。我仍然觉得我们是走在白色的边缘上，走了一两百米，我们看到了挂着冰花的树，世界又变成立体的了，这只鸟还跟着我们，他还唱着婉转的歌。我们面面相觑，都觉得异常奇怪，从没见过跟人一起走的鸟，从没见过与人亲善的鸟。这只鸟不但不怕人，他还和我们仅保持着一两步的距离，跟着我们往回走。有时，他走在我们前面一两步，有时是后边一两步。我们都看着这只鸟。思彬停了下来，伸出手，对鸟说，你要不要站到我的手上来？鸟看着他，抖动翅膀，一下子飞了起来，落在他的手上。思彬站在雪中，一只手伸着，那只鸟就飞在他的手上。我拿起照相机，把这个景色拍了下来。岸岸也伸出手，说，来吧！那只鸟从思彬的手上又飞到岸岸的手上。思彬干脆坐下来，在雪里，把手伸着，鸟又飞了回来。这只灰蓝色的鸟在思彬和岸岸的手上飞来飞去，像是一个精灵。我说，他是不是饿了，在冰天雪地里没有吃的，我们应该喂他点什么。我们三人都开始翻我们的口袋，谁都没有带任何吃的。思彬站起来，我们又开始走，这只鸟高兴起来，就在我们三个人手上飞来飞去，跟我们一起下山。我不停地说，"真奇怪，一辈子也没有见过这种事情。"思彬和岸岸也都连连地说这真是奇迹。

鸟好像听得懂我们的话，似乎也很兴奋，不停地飞来飞去。思彬估计这是一只很小的鸟，大概与父母走丢了，寻找朋友。他是那么信任我们。我说，我们把他带回家吧，这里这么冷，他会冻死的。思彬点头。我们看见滑雪中心了，看见了风雪中的停车场，也看见了在云中出现的太阳。这只鸟已经跟我们走了差不多有一里。他时而飞到我们前面的雪堆上等我们，时而飞到思彬的手上，停在他手上，偶尔还飞到岸岸或我的手上。我们遇到朝另外一个方向走的人，我们说，快看这只鸟。人们都呆呆地看着这只鸟，他就在思彬的手上站着。人人都惊讶地看着他。

我们似乎已习惯了，好像他会跟我们一起到汽车前。当我们要朝停车场走去的时候，这只鸟举步不前了。他看了看我们，又看看停车场。是的，我们可以听见人的声音了。他又看了看我们，看了看左右，他似乎在寻找一个可以站的地方，但是，在山半腰上，除了雪，最近的树也在20米之外。他飞了起来，向后飞去了，飞到一个树枝上看着我们，唧唧喳喳地叫了几声，好像在说什么，然后就振翅飞向天空。在天空中，他盘旋了一会儿，就不见了。

思彬、岸岸和我都站在那里，仰望着天空，看着他像蓝色的精灵一样突然消失。突然，空荡的天空中，那只神奇的鸟不见了，刚才的一切都好像是一场不真实的梦境。

这只神奇的鸟打开了我们2002年新年的门。

照片洗出来了。那只鸟，永远地站在思彬的手上。

鹿 在 我 们 的 生 活 里

鹿是我们家的常客。今天下午我从健身房回来，车刚开到要拐进我们家的汽车甬路时，四只麋鹿，正在我前面安闲地走着。他们四个显然是一家的，父母和两个孩子。领首的父亲，头高昂着，步伐稳健，花枝一样的鹿角好像是骄傲的王冠。相貌比公鹿要平凡得多的母鹿，在两个天真烂漫的小鹿后面，最先听见了我的车声，她停了下来，看着我。我把车停了下来，等他们走过去，望着他们，我心中有种巨大的安宁，安宁到忽略呼吸。

　　看到我把车停了下来，母鹿回转过头，不再注意我，他们一家四口鹿，就走进树林里去了。麋鹿走路的姿势是那么美，美得像芭蕾舞演员在舞台上轻柔地漫步。他们好像是踮着脚尖走路的动物，轻快、敏捷、美丽。他们的行为举止都有一种高贵之感，好像他们是大地上的公主。和人类相比，麋鹿要贵族得多。他们举止的优雅、雍容、骄傲和尊贵，没有一种动物可以比。特别是年轻的小鹿，花似的斑点好像是漂亮的公主服，他们跟在父母的后面，尊贵骄傲中还有顽皮和天真，可爱至极。

　　等他们一家的身影消失了，我才启动车，回到家。麋鹿带给我的宁静和刚刚锻炼身体的轻松，使我好像活在童话的美好境界里。生活是美丽的，这些鹿的存在和他们的从容是生活美好的证明。来到美国的最初的日子里，鹿就是我生活中除了狗、猫和松鼠外最常见的动物。记得刚到美国的第一个星期，我住在雨津。一天我正在凉亭里读书，一只鹿走到我住的房子的后院，在凉亭外站着观察我。这是我第一次和鹿如此近距离地观察彼此。对我来说，鹿是那么神奇，他们居然不怕人。就因为到处悠闲的鹿，我深深喜欢上我住的城市。我想，当鹿——似乎最胆小的动物——可以与人和平相处的时候，这个地方也是适合人居住的。

上个星期，一只小鹿误进了思彬以前养狼的狼圈里。我在书房里听见巨大的震动的声音，不知外面发生了什么事，以为贝奥武甫、摩根和哈瓦苏在打架。我跑出来看，看到一只小鹿在狼圈里挣扎要跳出来。贝奥武甫、摩根、哈瓦苏站在外面，激动地看着，又蹦又跳，好像他们从来都没这么激动过。小鹿看到这三只大狼狗，吓得更是惊慌失措，不顾一切地冲撞铁丝网。我心里着急，也打不开狼圈的铁丝栓。铁丝栓年久失用，都锈了。三只狗转着圈地跑，边跑边叫，小鹿疯狂地、自杀般地冲撞铁丝网，我哆哆嗦嗦地极力想打开门。结果，门没打开，小鹿冲开铁丝网，飞奔掉了。三只狗忙着追，追了几步，就停下来，鹿早就不见了。

忙乱之中我没有看清这只鹿的样子，只是我隐约地记住他白色的尾巴很突出。打开家里关于鹿的书一查，才知道这种鹿的名字就是白尾鹿，是北美西北部的一个品种。全世界大约有100种左右的鹿，最主要的有五六种，麋鹿、梅花鹿、黑尾鹿、扁角鹿、驼鹿等都是常见的鹿。比较不常见的有中国的叫鹿和扬子江水鹿，只生在长江口。可惜，如今全世界只有英国才哺育，在中

国已经不存在了。20世纪90年代末在老挝与越南交界处发现一只野生的很大的叫鹿，成为鹿研究的重大消息。叫鹿在英国安家已有八九十年的历史，因此，繁殖得很多。在美国很少见。叫鹿的呼唤，持续时间很长，有的时候，一只鹿可以叫上一个小时，因此被称之为叫鹿。鹿和牛一样是反刍动物，他们有四个胃，每个胃都有不同的功能，慢慢地消化他们吃的食物。通常，公鹿都比母鹿漂亮，色彩更鲜艳，体魄更雄伟，再加上公鹿高贵的鹿角，公鹿简直可以成为大众的偶像情人。驼鹿体型高大，是鹿中个子最大的，主要生在新英格兰的缅因州。我有幸在那里住过，看到过他们。雄驼鹿的鹿角都很巨大，好像顶着巨大的屏风。小驼鹿有几百公斤，大的有上千公斤。这种鹿的视力不好，虽然他们的味觉和听觉极为灵敏。住在缅因州的小镇，有时候，鹿会从马路上穿过，汽车都为鹿让路。特别是冬天，那里的大雪要下五个月，雪通常有三四尺厚，驼鹿旅行很困难，不得不到城镇里寻找食物。所以驼鹿成为这里生活的一道美丽的风景。

看见鹿在美国实在不是什么新鲜事。除了在家里常常看到鹿外，就是开车，也常常看到被汽车轧死的鹿，美国每年被汽车等交通工具杀死的鹿达100万只。前几天看报纸的新闻报道这个事情，在报道中居然有人说应该进一步发展狩猎业，减少交通事故。我看了，气不打一处来。我对思彬说，这篇报道简直是扯淡，可能是共和党人写的，要把大自然都变成钱。我最感动的是去年在黄石公园，我们看到鹿就在人家门口躺着、坐着，完全不怕人，对人表示无条件的信任。我猜黄石公园是个特殊的地方，为了维持一切的原生态，任何动物都受到国家保护。因此，鹿也把人当成他们生活中的一部分。若在别的地方，鹿看到人的时候还是加快脚步的。去年我和思彬到美国西南部旅行，一路上看了不少各种的鹿在到处徜徉。在大峡谷国家公园，一天黄昏时分，一家五口的鹿，和我们并排走在山路上。在大峡谷美不胜收的黄昏中，我觉得我们生活在史前时代，生活在人类和其他动物一样依赖大地的时代。虽然我对鹿的知识，由于读了一两本书，大有长进，但是观察鹿的能力还不是很高。但是，我可以清楚地分辨麋鹿和驼鹿（其实不读书也能分辨这两种鹿）。我高兴的是我对这两种鹿的知识加深了我对各种鹿的兴趣。对鹿的知识的增加，也增加了我观察鹿的热情，特别是对鹿生活习性的观察。如今我的汽车里总放着一个望远镜，我可以随时拿起来，观察我遇到的动物，复习我的动物知识。

对鹿的观察和了解，勾起我少年时代的回忆。我上中学的时候，有一年，每个周末都到北京动物园做义务劳动，清理动物园，有机会看很多的动物。特别是动物园关门后，我们清理完了之后回家。回家的路上，动物园空无一人，变得安静美好。我们可以自由地看动物。那个时候我喜欢在动物园到处游逛。夏天，动物园五点关门。清理完后我们还有两三个小时在动物园里东看西看。我在虎山工作过很长时间，可是那时我对犀牛着迷，总是到犀牛馆看他们顶着独角在污浊的水里游泳，觉得犀牛又笨拙，又神秘。从犀牛馆往南走，就出动物园的旁门回家。回家的路上，也路过鹿苑，看到各种的鹿——我不知道他们叫什么名字，往往我也会停留一会儿，看看那些显得小心翼翼的鹿，在黄昏中吃着草，他们好像很胆怯的样子。由于中国没有太多关于动物的读物，我对我看到的鹿没有任何真正的了解，除了仔细地看简短的说明外。那些说明都科学得乏味，丝毫引不起我继续阅读的兴趣。现在我想，如果我的少年时代有关于动物的好书，我会不会被影响成为一个动物学家？很有可能。观察动物，学习他们的生活，一定是非常有意思的。我的下半生，我已经决定了，除了我的本职工作外，我将努力观察各种动物，学习各种动物知识，为动物的权利而斗争。如果人类组成的社会，除了自己外，谁也不关心，忽视和我们共生的其他动物种类，把其他和我们一起继承大地和天空的动物看成是不如自己的种类，是不是在自掘坟墓？人类作为动物是和其他动物在漫长的进化中患难与共的，没有其他动物，也就没有人类。

　　我常想中国的古代，鹿一定是非常普遍的动物，不然就不会有"指鹿为马"这样的成语。如今在中国，指鹿为马不会是一个贬义的形容，没见过鹿的人怎么知道鹿和马的区别？指鹿为马也不为怪或错吧。就是100多年前，北京现在的南苑，还是皇家的鹿苑。那一定是有很多鹿的，不然成不了苑啊。如今我美丽的家乡古城已经现代化得不伦不类了，鹿早已消失得无影无踪。思彬一次随随便便地说，日本人很喜欢鹿角，是他们的药材。我想日本人一定是和中国人学的。我们中国人才真正热衷鹿角呢，为了取鹿角，我们也不知杀了多少只鹿。总之我在中国30多年的生活从来没听谁说看过鹿，除非是在原始森林里——可是中国的原始森林也不多，野生鹿角都被取光了吧。好在北美的鹿到处都是，还有很多鹿场，中国人现在有钱了，可以买这里的鹿角。鹿角是不是有很大的药用价值，我也不知道。只知道鹿角是一种生长非常迅速的角质物，每年鹿角都会脱落，再长新的。我们今年在塞昂国家公园，看到脱落的鹿角到处都是，我拣起来，仔细地看着，想，鹿角到底治什么病呢？

# 追随美国之鹰飞翔的姿势

这个冬假，新年后，思彬和我又踏上我们在北美大地追随野生动物的旅行。这次我们的目标是美国国家的象征、国家之魂：秃鹰，也叫白头鹰。

秃鹰的中文名字强调了秃鹰的外部特征，从名字上，我们似乎可以想象得出秃鹰的头是秃的。事实却不尽然，岂止不尽然，其实是错的。秃鹰（bald eagle)的"秃"字，其字源是一个古字。今日我们译成"秃"的那个字，实际上古义是"白色的"。Bald eagle 确切的中文名字应该是白头鹰。我不知是谁第一个把白头鹰翻译成秃鹰。我猜肯定不是学动物学的人，也可能是个翻译的初学者，如我多年前一样。如今我无法看自己过去的译文，一知半解、错误百出的地方比比皆是。我曾多次对朋友说，我要写一个声明，声明我1994年以前的全部译文都不算。我现在在网上一看到我的译文，头就炸，自己都不敢读。因此，我在这里郑重声明，除非经我再校对，1994年前沈睿的译文全部作废！以免贻误后人！

秃鹰这个名字就是前人给我们今天带来的贻误。这种鹰学名的确切意义是"白头的海鹰"。白头鹰是北美洲特有的动物，仅生活在北美洲之内。现在世界上大约一共有70000头左右，一半的鹰群住在阿拉斯加，其余的主要生活在加拿大的西部和美国的西北部。当然白头鹰也有生活在墨西哥北部和美国其他地方的。动物学家将白头鹰分为两类，南方的白头鹰和北方的白头鹰。南方的白头鹰生活在北美纬度40度以下的南部，北方的白头鹰生活在纬度40度之上的北部。南方的鹰，如同中国南方的人一样，体型略小，北方的鹰体型略大。最近的研究发现，有些北方的白头鹰经常跑到南方去，反之亦然。因此，南北这个分类法已经停止在白头鹰科学研究中应用。

由于各种各样的鱼是白头鹰的主要食物，因此白头鹰生活栖息在水国——海洋或湖泊之中。白头鹰是一种候鸟，但是不是所有的白头鹰都随季节迁徙，可能是因为那些不迁徙的白头鹰生活在不会封冻的水边，冬天的时候也有足够的食物。比如，生活在南方加利福尼亚等地的白头鹰，冬天来临，他们就不会迁徙到别的地方。但是，大多数白头鹰生活在北方，特别是寒冷的阿拉斯加和加拿大西、北部。冬天来临，海洋和湖泊都结了厚厚的冰，出于寻找食物的需要，白头鹰就会向南方迁徙。美国的西海岸，从华盛顿州、俄勒冈州到加州，气候温暖，湖泊众多，连成一线。这些水国，就成了生活在阿拉斯加和加拿大的白头鹰南迁途中的客栈、中途岛或冬天的别墅。

我们此次去的目的地，就是其中一个水国，俄州南部的科莱玛盆地。这个盆地，真如一个巨大的盆一样，盛着丰盛的水，有无数的湖泊、无数的鱼、近300种水鸟、200多种野生动物，是白头鹰天然的冬天的旅店和别墅，是天然的动物园。其中有的湖泊，比如墨多克湖，面积是60000多平方英亩，一个湖的面积相当于北京的两个顺义区那么大。无数大大小小的湖泊更是星罗棋布，点缀在莽莽森林之中。小的时候，我读中国的地理书，书上说湖北省是千湖之国。大了以后，读中国地理书，书上说千湖之国的湖只剩下300多个了。来美国之后，我在北美各地漫游旅行，自己遇到的、洗过手的、游过泳的湖也上百了。从飞机上看，我的美国家乡俄勒冈州的湖一定上千。我住过的缅因州和新英格兰地区，湖泊更是成千上万。我的感觉是美国的富饶，富饶在她的江河湖海上。水，是美国富饶的源泉；水，也是科莱玛盆地吸引众多白头鹰的原因之一。

就是因为这浩淼的水，1908年，当环境意识刚刚开始进入美国社会的时候，当时的总统西奥多·罗斯福，"为了农业部将之用于本地鸟类的保护和发展"，签署了科莱玛湖保护条例，把科莱玛盆地中八万多平方英亩的地方划出来，作为鸟类生活保护区。近一百年来，保护区的发展曲折起伏，其本身是另一个让人类反思自身和自然关系的故事。但是，对鸟类的保护一直是许多人奋斗的目标。这也是为什么到现在，虽说鸟类生活的环境还是越来越差了，成千上万的鸟还在科莱玛盆地上空盘旋飞翔。我站在保护区的办公室里看保护区历史展览时，想，一百年后，这里还会不会有鸟存在？我们人类是否有足够博大的心怀容忍鸟类分享我们的资源和天空？

这个保护区其实离我们家不远，开车只要一个半小时左右就到了。思彬以前经常到这里看鸟，他是一个有30多年经验的"观鸟者"，认识几乎上千种鸟，能说得出每种鸟的习性和生存技能。而我，则是刚刚开始成为一个观鸟者，刚刚开始学习鸟类知识的。我为自己买了几本关于鸟类的新书，把这些书装在我的背包里，带好望远镜，就和思彬一起出发了。

几年来每个寒暑假或短暂的假期，我们都追随着野生动物的脚步，在北美大地上旅行。这样的旅行，于思彬，是重新发现的故地重游；于我，是惊喜的学习的过程。从书本知识到现实知识，从看图到看实物，从看所有的鸟都差不多，到看出他们的区别和特点，我对动物的了解和热爱也逐年加深。我常常想，人的一生，有几种幸福，主要都集中在感官上：眼福，耳福，口福，当然还有艳福——也在感官上。我每次看到一种新的动物、一幕新的大自然之景，都忍不住把手放在我的心口上，无比虔敬地向大自然之神致敬。当我们站在亚利桑那州的世界七大奇迹之一的大峡谷旁，当黄昏中我和思彬在印第安人的那瓦霍国家纪念大峡谷手挽手地仰观那不可思议的悬岩，当我们拥抱着站在科罗拉多州的落基山美国最高峰上，我多少次都忍不住把双手举向天空，好像企望抚到大自然的手掌，深深地向大自然之神致敬。幸福，和大自然融为一体的永恒的幸福，觉得自己的生命超越了自己肉身的限度，飞向永恒无际的幸福。这种幸福，使我具有宗教精神。是的，我不是佛教徒，我不是基督徒，我也不是穆斯林。可是，大自然使我理解宗教，大自然教会我懂得宗教。当你感觉到永恒，当永恒不仅仅是一个词，而是现实，而是可感可见的存在，我不得不被宗教精神攫取。只有神才有这种力量，创造出如此的美，创造出如此不可企及的美！幸福，是的，我也被感到神的存在的幸福攫取。我的身心在那些时刻，都属于神！我何以如此有幸，看到大自然神秘美丽的面容？大自然之神啊，你何以如此眷我？向我展示你那神秘美好的刹那？多少次我蹦着跳着，呼喊着，多么美，多么美，多么美啊！

　　当我看到在灰色的天空中翱翔的美国之鹰——白头鹰的时候，我就是这样感觉的。不同的是，我没有蹦跳起来。我只是呆呆地站在无边的沼泽地上，仰头观望天空中飞翔的白头鹰，耳边是成千上万的天鹅、大雁和水鸟在黄昏中的欢叫，如同万人的喧哗、高低错落的大合唱。我愣在那里了，再次彻底地被大自然的美击中了。白头鹰，无比的美和力量的象征，就在我的眼前，飞翔着，盘旋着。在灰色的天空中，两只白头鹰表演着一出罕见的舞蹈：他们正在跳他们的爱情之舞，正在甜蜜地以各种飞翔的姿态诉说爱情和欲望。美丽的欲望之舞，美丽的爱情之舞，在水天一色的银灰色的背景中，如同神谕，再次向我展示生命的永恒和美丽。

　　我们站在沼泽地中。科莱玛盆地本来就荒无人烟，冬日的科莱玛，更渺无人迹。远处的山岭白雪皑皑，近处的沼泽地、湿地、荒原也都盖着薄薄的雪，但是，烟水苍茫的科莱玛湖、大湖、小湖、沼泽地连成一片片的湖区，构成了水鸟的天堂。我一生也没有见过这么多的水鸟，在天空中飞翔着，欢叫着。水鸟的叫声从很远的地方就可以听到，走近的时候，那种万众的喧哗让人如此震撼，世界变成无边无际的沸腾的声音，在我的头顶上方，把我翻卷进成千上万水鸟的激情中。我被水鸟的声音淹没了。就是在这个时刻，我看见了这对高高地飞过所有水鸟的白头鹰。他们相伴着，如同一对甜蜜的伴侣，只注视着对方的存在，在天空飞舞，互相吸引、互相爱抚、互相低诉、互相倾慕。我举着望远镜，追随着他们飞翔的姿势，追随着他们的身影。他们在白色调的水鸟的映衬下十分显著，因为他们深色的身体和羽毛，因为他们的比别的水鸟都巨大的身体，因为他们飞翔的姿势如此优美、与众不同。他们好像在空中滑翔，但是又好像有一根看不见的线把他们连在一起。他们完全忽视其他水鸟的存在，好像世界只有他们自己，他们为彼此跳舞，彼此追逐地飞翔。思彬惊喜地叫着，"看啊，看啊，那是白头鹰交配之舞！白头鹰爱情之舞！"

爱情，爱情，是什么样的爱情使两只白头鹰如此深情？白头鹰是这样的动物，他们一旦结为伴侣，就终生不变。白头鹰的寿命平均在15～20年左右，虽然也有很多白头鹰活到30年。四五岁的时候，白头鹰就开始性成熟。在性成熟早期，白头鹰的主要精力都放在恋爱、选择伴侣上。一旦选择了伴侣，这对夫妇就开始成家立业，主要精力都放在抚育孩子身上。白头鹰夫妇共同抚育孩子，他们共同建窝，共同为孩子寻找食物，共同保护他们的地域不受他人侵犯。白头鹰选择伴侣的方式就是彼此在一起飞翔、跳舞。有的时候，他们会把尾巴锁在一起飞翔。很多人认为那是白头鹰在做爱。其实，并不是如此。研究证明，白头鹰不在空中做爱，但是在空中追逐彼此、谈情说爱，他们在空中的舞蹈中表达爱情，激发爱的荷尔蒙。这是做爱的前奏。

我们所看到的就是这一幕，极为甜蜜的一幕。

白头鹰交配的季节，在南方是每年9～11月；在大平原和西部的山岭地带——也就是我们这个地带，是1～3月；在阿拉斯加地区是3月底到4月初。难怪我们看到了这一幕！

众鸟高声喧哗着、欢叫着，如巨浪拍岸，如宏伟的交响乐，在这空无一人的森森湖泊的上空，好像神指挥的天国的音乐，为那对沉醉在爱情中的白头鹰伴奏。我不知道我们站在那里看了多久，也许只有十分钟，也许很久。我觉得举望远镜的手臂都忘了累似的，我目不转睛、忘我地、出神入化地看着那舞蹈中的白头鹰。我看得见他们的白头、白色的脖子和尾巴，金黄色的喙和脚爪，深褐色的身躯和前胸。他们两翅伸展的时候，就好像是要深深地拥抱一个人，伸展得那么宽大、深情。我觉得自己好像都为想象中的拥抱、来临的爱情沉醉了。

白头鹰的双翅又长又有力，使他们可以快速地借着不同的空气气流飞到很高的高空。他们通常选择生活在高山旁有峡谷的地方，主要原因就是因为山的坡度制造了层层气流，当暖气流上升、冷气流下降时，不同气流的相遇，产生冲撞、摩擦和运动，白头鹰借助暖气流上升的力量快速冲空，一下就达到极大的高度和速度，然后再借助同样的气流移动，迅速下降。所以，白头鹰不用费很大力气就可以飞得又高又远，或又低又长。他们似乎非常懂得利用科学原理帮助自己生活。虽然他们的这种能力，也招来某些人的愤怒。比如，美国精神之父本杰明·富兰克林就写道："我希望白头鹰不要被选作我们国家的代表，因为他是道德低劣的一种鸟，他不诚实地生活着。"富兰克林对白头鹰的"道德人格"做了极为严格的批评，好像白头鹰必须按照美国早期资产阶级的道德尺度来生活。我读富兰克林义正词严的、富有感染力的文章，哑然失笑。

　　白头鹰大概从来没读过富兰克林的文章，因此他们还是"不诚实"地活着，利用各种自然条件为自己创造更舒适容易的生存环境。除了因为鱼是主要食物，他们要住在水边，以及要借助气流飞翔而要住在山和峡谷地带之外，他们还要住在有大树的地方，因为他们需要大树来构建自己的巢穴。一个白头鹰的家巢通常直径有五尺，白头鹰夫妇一旦建了自己的房子，就终生住在那里，不搬家也不换房。有些白头鹰家巢大的直径可达九尺，重达两吨，简直像一个人类居住的房子！当迁徙季节来临，他们离开家，春天的时候回来，维修、装修自己的房子。在自己的家里，生儿育女。如果他们的家巢被风暴等自然灾难毁掉了，白头鹰夫妇会在同样的地区或地点再建一个房子；如果是生孩子的季节，房子可能在几个星期内就建好。他们的家巢通常建在树上，必须是大树、悬崖上，实在没有这些的时候——地上。他们非常保护自己的"庄园"——家巢和家巢附近一两平方英里的广阔的地区，特别是孩子小的时候，他们更变得极为"护犊"，不允许任何其他动物在自己的家巢和庄园上出现。

有趣的是白头鹰夫妇懂得计划生育。虽然白头鹰从四五岁开始就可以年年生育，而且他们的寿命达30年左右，有很长的生育期，但是，白头鹰似乎选择不年年生育，而是根据每年的气候、食物的多少等因素，决定要不要孩子。一旦决定那年他们要孩子，他们就交配，交配成功后五到十天内，母鹰会下一到三个蛋。一般是第一个蛋下了后，等几天再下一个，如果有第三个，那么又是几天后。白头鹰的孵卵期是35天。这五个星期他们轮流孵蛋，也轮流休息。虽然母鹰在巢里待的时间较长一点，公鹰则往家巢上加气味芬芳的绿树枝。没有科学研究可以确切地解释为什么公鹰这样做。有人说是公鹰要保护家中孵蛋的味道，不让别的动物闻到味儿，保护家巢和孩子。我觉得这种解释未免低估了白头鹰的审美能力。也许，白头鹰夫妇就是因为孩子来临的幸福而用绿树枝装饰他们的房子，就如同我们用鲜花装饰房间一样！或者是浪漫的公鹰献给自己挚爱的妻子的礼物。由相爱而生儿育女，由生儿育女而相互敬重，动物界的生活和我们并不遥远。

小雏鹰孵出后，母亲就全职在家，全心全意照顾孩子。父亲需要极为辛苦地工作来为鹰丁兴旺的家庭提供食物和其他必需品。要过一段时间后，母亲才开始到外边为孩子寻找食物。雏鹰之间存在着莫名其妙的竞争。最先出生的雏鹰，趁父母不注意，把最后出生的雏鹰杀死是非常寻常的事情。动物学家解释说，这样可能避免更多的兄弟姐妹之间的竞争。雏鹰长得很快，一般六个星期后，他们的个子就从两三寸长到跟父母差不多大了。这个时候他们也特别能吃，八个星期左右，是他们最能吃的时候。父母几乎一刻不停地为孩子找食物。雏鹰会渐渐脱毛，长出真正的羽毛。一旦他的羽毛丰满了，学习飞翔的时刻就来临了。这是白头鹰一生中最重要的时刻之一。据统计，40%年幼的白头鹰在学习飞翔期死掉。白头鹰的存活率相当低。他们从出生到长大，考验一个接着一个，一对夫妇一生也就只有几个孩子可以活下来。

美国著名的白头鹰学者弗朗西斯·哈默斯特伦在观察白头鹰多年后，描写雏鹰学习飞翔的过程。当雏鹰三个月左右，也就是10～13个星期左右，他们灰色的保暖羽绒开始脱落，新的用于飞翔的羽毛开始生长。同时，父母由全时供应食物变为越来越少地带食物回来。每当父母飞过家巢时，雏鹰都欢叫，拍着翅膀，等待食物。可是，父母有意识地不带那么多食物回来了。雏鹰没有足够的食物，胖胖的幼儿身躯瘦了下来，活动越来越灵敏。如果是雄鹰，夜晚的时候，他也不依偎着母亲睡觉了，这对他有很大的影响，因为夜晚的寒冷锻炼他的羽毛。父母不在家的时候，他有时会在家里蹦来蹦去，身体在空中停那么一两秒钟。父母现在带食物回来的时候，也把食物放得远远的，超出小雏鹰的活动范围。更多时候，父母手里拿着食物，飞过小雏鹰的头顶。小雏鹰急得想够着食物，几乎失去了平衡。可是父母又飞走了，然后又飞回来了，更近一些了，再迎着风、乘着风，好像在鼓励雏鹰做同样的事情。小雏鹰好像被风抓了起来，他开始飞或滑翔了。他终于飞出了第一步，从这个山岗到对面的山包。他着地的时候，不稳地趔趄着。这时刻，父母又飞过来了，他再次驾风而行，着地时，父母会把食物放在不远处。雏鹰边跑边跳，冲到食物旁，囫囵地就把食物吞下去了。

雏鹰开始学习飞翔后，还在家巢旁边住四五个星期。他们每天练习飞翔，父母还供给全部食物。年轻的鹰，除了颜色外，长得与父母完全一样，但是他们的行为举止和父母完全不同。他们得一点一点地学习怎样猎取捕获食物。他们只有一个夏天来学习，一到冬天，他们就得完全靠自己了。虽然白头鹰和其他高级的捕猎动物一样，都有本能，可以飞翔、抓咬等等，但是，要做得万无一失，就得靠训练和学习。雏鹰训练的时候，身体已经跟父母一样大，他们是实体训练。六至九个星期后，也就是他们五六个月大的时候，他们就要离开父母了。冬天来临，雏鹰未必都有很强的生存能力，有很多会在第一个冬天死去。通常，冬天白头鹰会组成一个群体，群体的老鹰会帮助小鹰。小鹰在群体中跟老鹰学习怎样抓食物、怎样偷食物。当雏鹰长大时，他们的眼睛、嘴和爪子都变成金黄色。他们的白头和白尾巴，在四岁左右才完全变色长好。

我对动物的社会生活、家庭方式，很多时候，比对动物的习性还要感兴趣，因为我常常从动物的文化中看出我们人类和他们的亲密关系，看到人类和动物的相似性。我们人类以为自己比别的动物都聪明，把其他种类的动物都统统看成比自己低级的种类，人类是多么自以为是的傲慢！正是由于这种傲慢，白头鹰在白人来到北美洲后，惨遭杀戮，数量急剧下降。据估计，在白人来到北美之前，白头鹰差不多有五十万头左右。从1913年到1957年，在阿拉斯加有差不多十万头白头鹰被杀死，原因是渔民们担心白头鹰和他们争抢大马哈鱼。1972年，美国禁止使用滴滴涕（DDT），因为研究发现滴滴涕的化学物质导致动物的食物链发生变化，还使白头鹰的蛋皮变得异常单薄，结果白头鹰无法繁殖，濒临灭绝。1973年，美国通过法令保护白头鹰。任何人伤害白头鹰，甚至买卖白头鹰的羽毛，都可能获判25年徒刑、罚款一万美元。美国对白头鹰的保护过程和研究有很多书在记录和探讨。值得高兴的是，如今白头鹰已经脱离了危险，一度绝迹的白头鹰，又开始在美洲繁衍起来。

科莱玛盆地每年三月都举行白头鹰大会。会上，从全国各地来的观鸟者，除了聚集在一起观察白头鹰之外，还组织各种各样的讨论会、交流会，探讨交流白头鹰研究成果、保护白头鹰的方式等等。每年三月初，俄州南部的春天已经来临，三百到五百头左右的白头鹰停留在科莱玛野生保护区里。他们有的是生活在这里，有的是在北上的路上停留在这里，构成了北美最大的观察白头鹰的区域之一。

我和思彬在科莱玛盆地住了两天，追随白头鹰飞翔的姿势，在湖区里走来走去。虽然没有大会，但是也没有人烟，而这，是我更珍惜的。我们在湖区、在湿地里还看见了很多其他种类的鸟和动物，也看见了好几只金鹰。我们两人时时刻刻都庆幸我们的幸运。可是，回家的那天，突然大雾弥漫，几米之外，什么都看不见，结果我们就在湿地里迷了路，在沉寂的湖泊、亘古的原始森林里试图寻找来时的道路。雨雪纷纷，那是另外一个让人难以忘怀的故事了。

# 追随美国之鹰飞翔的姿势（续）

英国桂冠诗人阿弗雷德·丁尼生写过这样一首脍炙人口、题目为《鹰》的诗：

> 他用佝偻的爪抓住巉崖；
> 在孤独的大地上如此紧靠着太阳，
> 盘旋在碧蓝天空，他挺立昂然。
>
> 皱褶的海在他的身下爬行；
> 他从峭棱上瞭望，
> 如同闪电，他降临。

这是一首任何诗歌入门选集都会选的诗。根本上，这首诗反映了西方文明对鹰的文化想象。这首诗抓住鹰的几个特点，佝偻的、强有力的爪，孤独，太阳，无边的空间，闪电和鹰举止的安然，组成一个独往独来的英雄画面，构成了丁尼生的浪漫时代对个人和群体关系的想象。鹰是孤独的象征，是力量的象征，是英雄的象征。鹰，是个人主义的英雄，是西方文化精神的代表。我猜也许正是这个原因，1782年，在美国建国不久，美利坚合众国选择白头鹰为自己的象征。为了让我了解白头鹰成为国鹰的历史，思彬特地找来关于白头鹰和美国历史的文章给我看。文章说，当时的美国之所以选择白头鹰，是因为白头鹰有帝王般的尊严、无比的力量，而且当时人们相信只有北美才有这种鹰。我自然接受这样的解说，但是，我相信我自己的解释更反映文化的真实。动物在各个文化中都有不同的文化意义。白头鹰在美国文化中，代表了1782年美国人对自我的想象，对建构美国主体的想象。

正是在这个意义上，我对白头鹰的文化意义，对白头鹰成为美国国鹰的历史也很感兴趣。原来，在1776年美国宣布独立之后，13个脱离了英联邦的州在开第二次大陆国会的时候，决定他们需要一个国玺。国玺将被称之为"美利坚合众国之印"。六年之后的1782年，费城的自然学家终于画出了草图，草图上是一只白头鹰，因其象征"超级的力量"而被国会接受。两百年来，虽然国玺经过修改，但基本的图案保留至今。另一个说法是，独立战争的第一场战斗的早晨，枪炮声惊醒了高处的鹰们。鹰开始高叫，在战场上空发出沙哑的哀号。他们的叫声被解释成对自由的哭喊。爱国者们呼喊到，听呀，连白头鹰都在呼唤自由，何况人民！就这样，住在山谷之上的白头鹰，拥有无边自由精神的白头鹰，雄壮有力的白头鹰，被看成了美国自由精神的象征，代表了未来无限的自由。

虽然白头鹰成了美国精神的象征，但是，美国精神之父本杰明·富兰克林却对这个选择大加鞭笞。如我在上一篇文章中说的，富兰克林写文章声讨白头鹰，认为选择白头鹰是大错特错，原因是白头鹰的生活习性不符合富兰克林的道德理想。除了认为白头鹰不是诚实的楷模之外，富兰克林还说，白头鹰又馋又懒，好逸恶劳，自己不去捕鱼，却等着别的动物捕了鱼，自己去偷，或者是像个强盗去抢。"他看着鱼鹰辛苦劳作，当那勤勤恳恳工作的鸟最后终于捉到了鱼，叼着鱼回家去养活家小时，白头鹰则追逐鱼鹰，从鱼鹰嘴里夺走鱼……除此之外，白头鹰还是有名的胆小鬼。小小的翠鸟，个子不比一个麻雀大，都敢无畏地袭击白头鹰，把白头鹰赶出自己的领地。所以，白头鹰简直没有一条可以成为美国勇敢和诚实的象征。事实是，火鸡才是更值得尊重的鸟。火鸡不仅是真正的美洲本土动物，而且是充满了勇气的鸟。火鸡会毫不犹豫地攻击不列颠士兵，如果这些士兵胆敢穿着红色军服侵入火鸡家园的话。"可惜，富兰克林的话，没有人采纳。我不知富兰克林是不是很生气。

富兰克林生气也罢，不生气也罢，是白头鹰而不是火鸡，成了美国的象征，成了我们用的钞票硬币上的图案，成了美国所有的官方印玺的图案，成了很多邮票的图案。虽然富兰克林憎恶白头鹰，但是白头鹰的确是无敌的英雄。一是他们的个子很大，白头鹰不用担心别的动物的威胁。白头鹰通常有75～85厘米长，双臂伸展时有一米八到两米多长。雌性白头鹰的个子比雄性要大一点。这么大的个子，他们对小鸟就不太在乎，特别是对那些蹦蹦跳跳的小鸟，他们懒得跟他们计较。富兰克林的观察是有道理的。如果白头鹰踏入小鸟的领地，小鸟为了保卫家园，就会攻击白头鹰。白头鹰看看小鸟，也就飞走了，似乎是撤退了。也许就因为这个，富兰克林认为白头鹰缺乏勇气。

由于白头鹰不是袭击性动物，而是食腐动物，也就是说他们通常不自己捕猎，而是等待别的动物捕猎后，去吃别人剩下的东西，或者是把别人赶跑，自己独享。也许就是因为这种习性，导致富兰克林的愤怒，认为他们不劳而获，违背美国勤劳致富的原则。读这类故事的时候，我总是兴趣盎然。动物被赋予道德和文化含义，这在任何文化和社会中都是常见的。富兰克林的资产阶级理想是勤劳、勇敢。难怪道貌岸然的富兰克林先生那么讨厌白头鹰呢。

这些故事，使历史都变活了。我看看白头鹰被正式立为国鹰的年代，想了想，意识到，1782年，正是我们中国的乾隆盛世到达顶峰的时候。我对历史所知甚少，不知道在那个年代中国人怎样想象自己。我常常对我的学生说，一个人不仅仅是他本人，也是他想象自己的产物。一个国家、民族和人民怎样想象自己对这个国家、民族和人民的发展建设有根本的影响。白头鹰是美国人想象自己的折射，这个折射，又影响了美国人的道德、历史感和自我认识。

白头鹰的眼睛，和许多其他种类的鹰一样，都是超凡的。白头鹰的眼睛有两个聚焦点，使他们可以同时既看见前面，也能看见旁边。白头鹰可以从几百英尺高的空中看见水里的鱼，这是极为不寻常的，因为鱼在水里，背朝上，很难看清。一般渔民也很难看清是否有鱼。白头鹰的视力是人的四倍。白头鹰可以在一英里之外看清一只跑着的兔子，在一千英尺高空看见三平方英里的地区，而且看得清清楚楚。白头鹰的视力，与很多鸟类一样，是彩色的（很多动物的视力是黑白的，比如狗）。睡觉的时候，白头鹰把眼睛闭上，闭上的时候，他们的眼睛在眼帘下也可看见，因为他们的眼帘很特殊，是透明的。白头鹰不以听力见长，虽然他们的听力也相当出色，因为他们用听来测量他们和猎物目标的距离。

白头鹰的独立精神在学会飞翔后继续接受考验。雏鹰在训练一个夏秋后，冬天来临。父母要迁徙到有食物的温暖的南方去。父母却不再带着孩子，孩子必须先走。没有人知道小鹰怎样知道迁徙，小鹰必须自己找到迁徙的路线。没有经验的小鹰，常常最初几年在各地漫游，有些找到回家的路，有的就找不到了。强迫小鹰到各地探索是本能吗？小鹰通过几年的漫游，对各地的情况比较了解了，他们也开始恋爱，寻找伴侣，组成家庭。独立的精神，探索的精神，的确是白头鹰精神的一部分，也是美国理想精神的一部分。

白头鹰在美国文化中，被赋予的精神，除了独立、自由和雄伟的自我之外，还有特殊的力量。特别是对美洲本土印第安人来说，白头鹰的羽毛具有神的力量。一次，特拉华部落被科诺伊部落追打到一个高山上，特拉华部落无路可走。部落首领出于绝望，把自己的马杀了，祭祀自己的保护神。突然，一只白头鹰从天而降，一把抓住被杀的马，向云霄冲去。同时，一支羽毛从天空中缓缓落下。部落首领兴奋地抓住羽毛，带领他的部下，冲下山去，结果打败了敌人，奇迹般地大获全胜，他自己的人一个也没有受伤。

北美印第安人对白头鹰的崇拜不仅在一个部落里，几乎所有的印第安文化都有关于白头鹰的传说。白头鹰的羽毛，据说还有治愈疾病的能力。上千年来，印第安人就是用白头鹰羽毛的力量鼓舞自己，治愈病人，为弱者带来勇气，为强者带来对他人的怜悯和同情。几年前，思彬的一个印第安朋友，送给思彬一份贵重的礼物，就是白头鹰的羽毛。他对思彬说，因为思彬是医生，他给别人带去的是医治和慰问，因此，白头鹰的羽毛将带给思彬力量。如今在思彬的办公室里就悬挂着这样的羽毛。我每次到思彬的办公室，都仰望那些具有魔力的羽毛，我相信印第安人的祝福就藏在羽毛之中。

不仅仅是印第安人，就是美国的基督文化，也采取象征主义的态度看待白头鹰。除了富兰克林的著名的对白头鹰的道德解说，有些基督徒把白头鹰在黎明等待日出、观望日出，解说成基督在等待圣父等等。如今在美国旅行，人们偶尔会看到教堂上白头鹰的形象。白头鹰，美国之鹰，如同另外一首诗颂扬的那样：

你，哥伦比亚之鸟！完美地

象征着我们的本土；

毫不退缩的身躯，高贵的前额，

在众族中，你，注定要挺立；

骄傲，如同雄伟茂密的山林；

如同江河湖海自由地徜徉；

如同高山和洪流的力量；

万物都欢呼着自由！


如你一样，帝王般的鸟！如你一样！

她屹立在不可收买的尊严中，

伸展的双翅，永不疲劳，永远强壮，

敢做冲天的翱翔，又远又长，

敢做高高的攀登，即使暴风雨就在脚下，

从不向下瞭望，从不胆小！


怀着对大地的倾慕，

她屹立在伟大的简朴之中；

如你一样，暴风雨拥抱她的出生，

历尽沧桑的手把她抚养；但，
经历激烈的战火，经历疯狂的战火，
新的荣光让她的声誉，与日俱增！
从远方来的帝王贵族，都
在她的翅羽下寻求庇护。
如你一样，在云层之上驰骋，
她高飞过天堂，沉静而骄傲，
她的纯洁和高贵的声誉，
伟大！她的无瑕的冠军的声誉，
伟大！她命定了，雄伟如
罗马！自由更无敌！

　　这种赞美，这种自我投射、自我想象代表了年轻的美国的信心，但是，是否也预示了今日美国帝国主义的自我膨胀？我姑妄论之吧。

猫头鹰，猫头鹰！

我对自作聪明的人类赋予动物的文化、政治意义经常百思不得其解。比如，"文革"时期画家黄永玉因为画了一只眼睛睁着、一只眼睛闭着的猫头鹰，遭受了很多打击、批判和折磨。据说他的画，象征了知识分子对待革命的态度，也就是睁一只眼、闭一只眼，不太在乎。我对猫头鹰的好奇，就是通过读这些革命大解说开始的。猫头鹰真是奇怪的动物呀！我看报纸上印得不清楚的猫头鹰，惊异他的两只眼睛那么大，占据脸的三分之一面积。我觉得他好像不是一只鸟，而是比鸟大得多的什么别的种类的动物。这种错误的概念是不是革命后遗症，我不知道。但是猫头鹰对革命不积极、不以为然的态度却烙在我的印象中了。除了藐视神圣的这种态度之外，猫头鹰还有神秘的力量，据说猫头鹰夜晚比白天看得清楚，跟我们人类正好相反。想想在漫长的非科学的年代，猫头鹰的神奇本领象征了多么可怕的力量。猫头鹰似乎还是不祥之兆。因为，据说猫头鹰的叫声简短而凄厉，漆黑的夜晚，猫头鹰半睁着眼睛，他在黑暗中变得无比精确的眼神，看到了命运和死亡，凄厉、尖锐地大叫。叫声从远处的黑树林传来，啊，可怕！可怕！人们把窗子紧闭，以免听见死亡的谕告。我虽然在中国从来没听过猫头鹰的叫声，但是，我的想象力在这些可能把我吓得半死的故事里狂飞，因此我对猫头鹰的感情敬畏交加。谁不惧怕死亡的谕言？

　　我在北京动物园漫游的时代，只看过一次猫头鹰。猫头鹰那时不在动物园东南的飞鸟区里，而是在靠西北的一个巨大的鸟笼里。这个鸟笼围建在一棵巨大的槐树上。槐树在这个鸟笼的中央，鸟笼把槐树都包住了，有很多大的鸟，比如鹰，就在这里。这个巨大的鸟笼旁是一个小卖部。我在那里义务劳动过几次。下午，游人渐稀之后，我就东逛西看起来。别的同学喜欢在一起聊天，而我是一个对现实中的人与人的关系从来都不太在意的人，对别人东家长西家短的聊天从来都不耐烦。我走到这个巨大的好像一栋小楼一样大的鸟笼旁，看那些停留在树枝上的鸟。里面有好几种大鸟，他们基本上都是站在那里，偶尔，一只大鸟从一个树枝跳飞到另一个树枝上，不过几米的距离。我转圈在这个鸟笼旁观察那些无法飞翔的大鸟在做什么。就在那里，我看到了一只猫头鹰。他不太大，褐灰色的，在一个树枝的角落里，两只大大的眼睛都睁着看着什么。我趴在鸟笼上想等着，想看猫头鹰的眼睛到底会不会一只闭上、一只睁着。几分钟过去了，我的努力毫无结果。猫头鹰还是两眼大睁。我不记得自己再看过猫头鹰没有，好像多次去，都没再见猫头鹰，也许他躲起来，等夜晚来临再出来吧。

我们中国人怎样看猫头鹰呢。我最近看到中国古代岩画学者孙新周先生的文章，谈及猫头鹰和华夏文化起源的关系。孙新周先生根据江苏、内蒙古的岩画、甲金文中的有关猫头鹰意象的字，以及从新石器时代到商代的青铜时代出土的文物等等，考证说，在华夏文化的源流时代，华人的祖先曾经崇拜过猫头鹰——鸱鸮。猫头鹰在先民时代被称为"知时之鸟"，因为猫头鹰是昴星宿，也叫昴星神，也就是"太阳的使者，春天的象征，生命力与生殖力的给予者，农业的保护神"。孙先生还论述说，商族的起源，"简狄吞玄鸟卵生商祖契"的传说中的玄鸟卵是两性交合隐语，因此，"天名玄鸟，降而生商"中的玄鸟，即是猫头鹰——鸱鸮。特别是大量出土文物中和甲骨文中的"商"这个字，看起来就像猫头鹰。从考察汉字出发，发现与猫头鹰有关的字非常多，比如，"雚"、"灌"，很多字都与对猫头鹰的祭祀和崇拜有关。孙先生的结论是，商人先祖高祖姓氏原型即为鸮——猫头鹰。也就是说，华夏文化的起源，实际上和对猫头鹰的崇拜息息相关，华夏人，实际是猫头鹰的后代。孙先生的文章写得非常清楚，我不必再重复引证。我只想，孙先生的发现和结论，对我们重新思考华夏文化动物的关系有重要意义。我们的先人，最初显然没有把猫头鹰看成恶鸟，而看成是自己生命的起源，对猫头鹰极为尊重。到了周朝以后，对猫头鹰的看法才似乎有变，《诗经·豳风·鸱鸮》上说，"鸱鸮鸱鸮，既取我子，无毁我室。"猫头鹰已经被诅咒成一个大坏蛋了。到了《说文解字》里，"雈"字被解释成"所鸣其民有祸"，猫头鹰被看成是灾祸的预言家了。猫头鹰怎样从一个被崇拜的动物变成被诅咒的动物，这个历史有意思极了，我真希望看到更多的文章，仔细考察文字的源流，并对文化有所解说。现代中国人对猫头鹰的看法，受西方影响过大，自己的看法早就不清楚了。

西方人是怎样看待猫头鹰的呢？在古希腊的神话传说里，猫头鹰是一种具有特殊保护力的动物。雅典的保护神，智慧女神雅典娜，对猫头鹰的非凡的眼睛和肃穆的表情印象深刻，据说雅典的乌鸦见到猫头鹰都吓得无影无踪。所以，她给予猫头鹰特殊的荣誉，那就是在所有有羽毛的动物中，猫头鹰是她最喜爱的。这种对猫头鹰的宠爱，可以在古希腊钱币上的铸印的徽中看得出来。古代希腊人相信，猫头鹰有种特殊的、内在的"光"，使他可以有黑夜的视力。虽然生活在雅典地区的猫头鹰是一种个子很小的猫头鹰，但是，他陪伴雅典的军队出征，并给予雅典人神奇力量。据说，如果一只雅典猫头鹰飞过希腊士兵的头顶，他们就知道他们必胜无疑，因为猫头鹰大大的眼睛早已看见了胜利以及和平的光明。

古罗马人没有希腊人的那种平和的态度。在一个谋杀时时刻刻都潜伏的时代，猫头鹰的啄击声就是死亡的、不可抵抗的敲一个人脑袋的声音。伟大的凯撒、伟大的奥古斯丁、伟大的奥雷利乌斯和伟大的阿格里帕的死亡，都是由猫头鹰预言的。"昨天，夜晚之鸟，的确在青天白日里，在集市上，啄来啄去，尖叫不停！"莎士比亚在他的《凯撒大帝》中这么写到。据生活在公元2世纪的预言家阿尔米多鲁斯说，梦见了猫头鹰，旅行的人不是会翻船，就是被抢劫。罗马人还相信，猫头鹰是有魔法的人变的，专门吸婴儿的血。罗马神话中，猫头鹰也好不了多少，被称为"让人讨厌的鸟"。

英语文学中的猫头鹰似乎继承了罗马人的传统。在许多英语文学作品中，猫头鹰都是不祥的代名词。18世纪的浪漫诗人华兹华斯把猫头鹰称为"注定了倒霉的鸟"。华兹华斯时代的人相信猫头鹰飞过病人的窗户，就预示那个人马上要死了。我对思彬谈起英语文学中猫头鹰和古罗马人心目中猫头鹰的相似性。思彬恨恨地说，那是因为英国被罗马人在一千多年前占领了，因此，英语文化自然而然受罗马文化影响。思彬对他的祖先被征服的历史念念不忘，他收藏的书中有一部分就是关于凯尔特文化的。每当我谈到被压迫人民的文化，他就谈自己的祖先如何被罗马人征服，成了被压迫人民，好像跟我比谁更受压迫似的。

20世纪以前，英国的习俗是把猫头鹰钉在谷仓的门上，据说这样一来，邪恶的魂就不敢进门了，甚至闪电也不会袭击谷仓。我猜那时的英国人是很软弱迷信的人，他们自己不想办法抗拒邪恶的魂和闪电，却让猫头鹰做，本身显示他们对猫头鹰的恐惧。思彬告诉我，那时的英国人还相信，如果你看见了猫头鹰，猫头鹰也看见了你，猫头鹰的眼睛会盯着你，就是你走过他，他也会回头盯着你；你围着他绕一个圈，猫头鹰的头也会绕一个圈，你绕十个圈，他的头也绕十个圈，直到他把自己的脖子拧断了为止。听了这个故事，我坐在那里，把场景在内心演习了好几遍，一股凉气从脖子后生了出来。

所以，当我去年夏天看到猫头鹰的时候，我做的第一件事就是绕着猫头鹰站的树枝走了一圈，结果自然证明思彬的这个传说故事无效。那天，是本城医生护士的义诊日。正是初夏，俄勒冈的初夏美丽得如诗如画，刚来美国的时候我管这里叫天堂，我觉得只有天堂才可能有如此惬意舒适、完美无缺的气候（我母亲去年在俄勒冈住了一个夏天，她这个土生土长的老北京，从来不相信天堂，也同意说这样美丽舒适的夏天，恐怕只有在给孩子看的小人书里有，母亲显然比我更文学）。如此的天气，义诊就成了野餐，就成了本城人欢天喜地在树木花草中吃喝玩乐的两天。义诊的医生们都摆起摊，架起凉棚，悠闲地坐在凉棚里等病人出现。当然本市的餐饮业也是不甘落后，他们也加入义诊日，把摊子摆起来，锅碗瓢勺，只是他们不义卖。他们饭的香味传得远远的，远近有病无病的人都喜洋洋地来吃吃喝喝。思彬义诊，思彬太太我就在众饭摊间来回乱跑，东买一口，西买一盘，吃得不亦乐乎，大饱我对各种食品的热爱。思彬后来找到我，我正往嘴里塞墨西哥春卷。思彬兴高采烈地说，"本城的野生动物营救保护中心也参加义诊，把一些动物运来，正在展览，还不去看一看，你那么疯狂地喜爱动物？"他看了看我，又加了句，"你应该少大吃大喝，你每天都想节食，抱怨你太胖。"我看看他，问，

150

"你真觉得我胖？"他摇摇头，"我可从来没说你胖，我总是说你不胖不瘦，正合适，是你每天都说你太胖，我觉得你完美无缺。"对如此完美无缺的老公，我还好说什么？只好跟着他兴高采烈地看动物去。

到了那个位置才知道，野生动物营救保护中心今天只带来了三四只猫头鹰，没有别的动物。这几只猫头鹰，大小不一，都在各自的"树枝"上站着，树枝是用真的树枝再制造的、可以活动的树枝，大概是专门供给中小学展览用的。没有笼子什么的，猫头鹰就站在光天化日之下，也没有逃跑的意思。我看那些大睁着眼睛的猫头鹰，立刻绕树枝走了一圈，结果，没有猫头鹰的脖子扭断。我问那个动物看管人，那个传说是不是真的。她笑起来，她三十多岁，浅褐色的短发下是一双清明得让我愣了一下的眼睛。"世界上竟有这样清纯的眼睛！"我暗叹。她说，"当然不是真的，不过，也有半个道理。因为，猫头鹰的脖子的确是可以转动的，转动的角度不是你说的360度，而是270度。他不可能扭成圈，但是，他的眼睛看见了目标，能跟着目标转动270度。""哇！"还是了不起的本事啊。我试着转动自己的脖子，45度左右，转不过去了。她接着解释，"猫头鹰的脖子非常长，也非常灵活。从外表上你看不出来，因为羽毛把脖子盖住了，也因为他们的姿势。一般人都不知道这个。"我趴下去，仔细地看猫头鹰的脖子，原来他们的身体并不是很大，上半身看起来是身体的部分，其实是脖子，因为他们站得笔直，看起来脖子身体是一回事。"猫头鹰的脖子的骨头节有14个，我们人类，你知道有多少个？"我摇摇头，摸摸我的脖子，数我的骨节。我还真的从来没想过我的脖子到底有多少骨头节，好像链子似的穿起来，让我可以左右移动。那边弯腰看猫头鹰的思彬递过来他的话，解了我的围，"人类有七节。""真的？""对，猫头鹰的脖子的骨节是人类的两倍，这就是为什么他们的脖子可以转动270度的原因。想想看，我们人类的个头和猫头鹰的个头，猫头鹰的脖子是出奇的长和灵活的。"

"猫头鹰的眼睛呢？和人类比，一定比我们看得更远更清楚。他们的眼睛那么大。"看到那些猫头鹰极大的眼睛目不斜视地看着前方，他们的眼睛如此突出、醒目，好像很严厉地看着世界。"那要看怎么说。首先他们的眼睛和人类的眼睛很相似。我们人类看东西是立体的、三维的，他们也是。要知道，世界上很多动物看东西都是平面的，不具备这种能力。在这个意义上，他们的视野其实没有我们人类强。人类的视野有180度，其中有140度是立体的。猫头鹰的视野有110度，只有70度是立体的，也就是两只眼睛同时看到的。在动物世界里，只有啄木鸟的视野是无与伦比的，因为啄木鸟的视野是360度，因为他们的眼睛长在两边，但是啄木鸟的立体视力只有10度。""原来如此。"我轻声叹道。

"猫头鹰的眼睛的确大，他眼睛的重量占全部身体的百分之一到五的比重，看是什么种类了。试想如果是人类，一个130磅的人，眼睛要是七八磅重，该如何。"我想了一下，都似乎吓一跳。"这么大的眼睛是为了提高效率，特别是在光线不好的夜晚。因为，众所周知，猫头鹰是夜晚活动的动物。实际上，他们的眼睛发育得如此完备，他们根本没有所谓的眼球。""什么？"我大吃一惊地大叫了一声，不相信她的话。"难道他们没有眼球？他们看起来好像有眼球呀，没眼球眼睛怎么转动呢？""你过来再仔细看，他们的眼睛是不能活动的，因为他们没有眼球。他们的眼睛是由从脑颅里伸展出来的骨头支撑的管道，好像是望远镜。就是因为这个原因，他们不能转动眼睛，他们只能向前看。""啊呀！"我真真是大吃了一惊。"原来如此。""他们总是目不斜视，因为他们无法斜视。所以他们才有极为发达的脖子。""原来如此。"我不停地点头，同时转了转自己的眼球，看看自己的眼球是不是还安然地在我的眼睛里，我很少意识到我的眼球的存在！

猫头鹰是夜晚的动物，因此视力得超凡才行。这种超凡的能力造就了他们与众不同的眼睛。猫头鹰的眼睛有很大的晶状体和瞳孔。瞳孔的大小是由光线控制的，瞳孔增大时，更多的光线就通过像光圈一样的瞳孔进入眼睛里，折射到视网膜上。视网膜上有十分敏感的如棍状的细胞，构成出色的影像系统。可惜这些影像不都是彩色的，因为棍状的细胞对色彩的反应不灵敏，所以大部分的猫头鹰看世界时色彩很单调，或者根本就没色彩。不过这也是由于他们的夜间习性造成的。夜晚时各种色彩本身就很黯淡，看不清楚，因此，猫头鹰多快好省地省了色彩。

　　"猫头鹰白天看得见吗？我听说他们的眼睛在白天什么用也没有，白天光线太强，他们白天什么也看不见。"我几乎趴到猫头鹰脸旁仔细看他。他偶尔地眨眨眼，不知他看见了我没有。"不是这样的。猫头鹰眼睛的调节能力很强，有的猫头鹰白天的视力比人的视力还好。你仔细看，猫头鹰有三重眼帘来保护他们的眼睛。他们有上眼帘、下眼帘，还有一个从内向外的眼帘。他眨眼时，关上眼帘；他睡觉时，关下眼帘。他的内眼帘是透明的，对角地关上，清理和保护眼的外层。"这可真神奇，三重眼帘，想想看！

　　因为猫头鹰是夜间出没的动物，他们进化出一套极为发达的听力系统，耳眼并用，是夜间突袭的特征。他们耳朵的构造极为奇特。耳朵长在眼睛后头、头的两边，被脸上的有特殊如雷达一样功能的毫毛遮盖。耳朵的形状则是不同种类的猫头鹰有不同的形状。有的有外耳，有的没有，要知道世界上目前一共有212种猫头鹰，因此，猫头鹰耳朵的形状很多，功能也不一。我后来查关于猫头鹰的书，查到很多资料就是专门谈猫头鹰的耳朵的。我看那些图片，不同形状的耳朵，很有趣。比如有些猫头鹰的耳朵是不对称的，一只耳朵比另一只耳朵高。特别是只在夜间出来的猫头鹰，比如"仓鸮"这种只有夜间才行动的猫头鹰，他们耳朵旁的脸上还有一种特殊的毫毛，好像是雷达的网，把声音送进耳朵。这个网的形状也是可以通过面部肌肉调节变化的，所以可以根据声音的来源强化接收部位。而且，猫头鹰的嘴是朝下的，进一步增大了脸上毫毛接收声音的地盘。猫头鹰听的方式和人类很不一样。我们人类是听声音，猫头鹰是听声波。所以他们有的时候听得比人类准确得多，比如他们可以听到在树叶下甚至地下的动物移动的最细微的声波。猫头鹰的听的方式是靠找到声波源，然后利用两耳收到声波的时间差测量到物体的位置。比如，如果声波先到达左耳，说明物体在左边。猫头鹰会立刻转动头，使双耳都可同时接收到声波。测量声波的时间差，猫头鹰可以测出0.00003秒的差别来。与他们相比，我们人类好像是聋子！因为他们耳朵高矮不一，所以前后左右上下的声波都可同时测到，同时测量出距离和位置。一旦他们测量好了，他们就朝声波方向挪过去，在飞的过程中，猫头鹰有能力调整距离和方向，在到达物体的两米之内，他们就举起爪子，高举到他们眼前，然后扑过去，袭击目标——他们的美餐。

猫头鹰吃什么？我听呆了，看看那些还在树枝上站着、懒洋洋的猫头鹰，我越发好奇。我觉得他们似乎过着很慵懒的生活。其实不然。猫头鹰是很勤劳的动物，靠捕获其他小动物生存。他们吃蜘蛛、虫子、蛇、螃蟹、鱼、鸟和小的哺乳动物。不同种类的猫头鹰有不同种类的食物。个子大的猫头鹰，比如鹰鸮，还吃野兔、狐狸和其他鸟类。有的猫头鹰靠捕鱼为生。可以说猫头鹰是机会主义者，逮着什么吃什么，有什么吃什么。猫头鹰还有不同的捕猎习惯。但他们都是适者生存的种类，既容易适应环境，也有适应的装备。从他们的视力、听力和食物，我们就知道他们多才多艺，在生物竞争的环境中调整自己。

我一直和这位眼睛清澈的猫头鹰保育员聊天，问她问题。她很热心，看到我那么热心问问题，她说，你为什么不来我们野生动物营救保护中心看猫头鹰，我们有十来种猫头鹰，可以给你看，你也可以想待多久就待多久，观察他们。特别是她知道我很想写我看的动物，就更热心地邀请我去看猫头鹰。我很高兴地接受了邀请，我们写下彼此的号码，我说我会给她打电话，我一定会到中心去，和她一起喝咖啡，听她讲更多关于猫头鹰的事情。

告别的时候，我觉得我对猫头鹰有些理解了，觉得他们像人脸的模样很可爱。他们其实很像故作严肃的小孩子。不知为什么，我觉得他们一定是听得懂凯伦（那个保育员叫凯伦）的话的。虽然他们还是在那里一动不动，跟雕塑似的，除了眨眼睛，要不然我真觉得他们是标本，但是，我觉得他们明白很多我们的思想，而我们只有描述他们的能力，却缺乏理解他们的能力。猫头鹰有思想吗？如果他们有思想，他们怎样思考生命和生活？

回到家我上网看更多的关于猫头鹰的资料。北京野保网上我看到唯一一篇试图"科学"地介绍猫头鹰的中文文章，文章错误百出、资料混乱。据说那篇文章还是九年义务教育四年制初级中学的生物课本。先不说课本伪造愚蠢的中国民间传说，把本来是生趣盎然、独立不羁的猫头鹰弄成什么小女人为爱情跳崖之类的可怜兮兮，就说文章的立场，论述的是猫头鹰对人类有什么好处，似乎如果猫头鹰对人类没有直接的好处，就毫无用处。文章说："猫头鹰是捕鼠能手，一只猫头鹰一年可以捕一千只老鼠，因为一只老鼠要糟蹋一千克粮食，以此推算，一只猫头鹰一个夏天可以为人类保护一吨粮食。"我看了上述的话，气得从椅子上跳了起来。这种逻辑混乱的说法，居然上初中课本。首先，文章凭什么说猫头鹰是捕鼠高手，制造猫头鹰好像是靠捕老鼠而活的假象？猫头鹰的食物极为广泛，老鼠只是其中一种，而且也只是某种猫头鹰的食物。有的猫头鹰根本不吃老鼠，而是以捕鱼或昆虫为生。其次，那个算式，就好像养一只鸡。鸡下十只蛋，十只蛋都成了小鸡，小鸡又下蛋，如此下去，坐在屋子里，已经鸡鸭满堂了。首先猫头鹰不是住在粮仓里的动物，老鼠虽然有的住在粮仓里，但是，粮仓并不是所有老鼠的家，所以，猫头鹰逮老鼠本身就是伪命题。除了南极之外，猫头鹰在世界各地都有分布，他们有很多不同的习性，对环境非常容易适应并相应地发展自己的生存本能，从茂密的森林到开阔的草原，猫头鹰到处安家，并不以捕鼠为生。虽然有的猫头鹰可能捕鼠，但是，一个人吃鸡，并不能说明人和鸡之间有必然联系。因此猫头鹰和老鼠，并没有任何必然联系。其次，老鼠也不是万恶之源，某种鼠类与人共生，并不意味着他们一定就是"糟蹋"粮食的种类。根据达尔文的物种竞生的理论，如果某种动物存在，一定有存在的理由。我们人类没有任何权力以自己的好恶来裁决动物生存的权利，更不能以是否"糟蹋"粮食为标准看待任何动物。我虽然没有赶上"大跃进"要把麻雀都累死的时代，但是，这篇课文显露出来的某些心态，还是让我有不寒而栗的感觉。文章中描述几种猫头鹰，根本原则就是他们是否有利于某些中国人的捕鼠运动，如果一判定他能捕鼠，就宣称他们是"益"鸟，好像不能捕鼠的鸟就毫无用处。最后，这篇纰漏百出的中学生物教科书文章，除了教育出心胸狭窄的民族之外，也是对科学的亵渎。也说明了中国目前现实的根本问题之一，那就是缺乏对地球上息息相关的每一种生物的基本意识。并不是因为对中国亿万穷人省粮食有好处，我们要保护猫头鹰，而是因为猫头鹰如其他任何动物一样，是我们这个地球上有资格、有权利的一员，是我们生物系统的一个有机部分。作为人类，我们应该尊重我们环境中的一切，树木河流、万物众生。我们应该尊重每一种动物，像尊重每个人一样。写到这里我想，我真是去国久了，中国什么时候尊重过动物的权利？我简直过于奢求。我将在其他的文章中谈中国人对待动物的态度。

参考文献

《再议猫头鹰》http://www.bwca.com.cn

# 猫头鹰的生活

Strigidae
194 神

我是一个对动物的家庭生活和社会组织方式十分有兴趣的人，对动物怎样繁殖、怎样安排家庭和社会之间的关系极为感兴趣。所以我到书店去查找关于猫头鹰的书。很好，我立刻看到一本，《猫头鹰：动物世界的一幅肖像》（保罗·斯特利著，2000年版）。这是一本故意写得很复杂的书，虽说并不是给专业人员看的，但是，读起来很没劲。

我常常想，写作是一种激情和技巧，就是写动物，也是我们激情和技巧的表现，无论在中文和英文中我对糟糕的写作都不耐烦。一个人不会说话的时候，就要把话说得复杂起来。不过这本书还是让我学到了一些关于猫头鹰的知识。首先是关于猫头鹰的性、家庭和孩子的生活。猫头鹰的雄雌外表差别不是很大。通常是雌性的个子比雄性的要大四分之一。他们发情的季节是春天。当万物复苏、春暖花开，猫头鹰和大部分鸟类一样，开始感到生命的活力和对爱情家庭的渴望。他们开始计划组织家庭了。随后的夏天、秋天，食物会越来越多，食物丰盛的季节，他们不必每天为食物担心，因此，他们在春天下蛋、孵化，孩子出生、长大、学会飞翔、捕食和成为独立的存在。春夏秋就伴随着这个过程。

猫头鹰是一夫一妻制的动物，不但互相忠诚，而且共同担当抚养孩子的责任。猫头鹰的这个习性和鹰、天鹅等相似，但与麻雀不同，麻雀通常是一夫多妻制的。有些种类的猫头鹰，夫妻关系是暂时的，交配后，组成家庭，孩子长大的秋天，夫妻也分手了；明年春天再另组家庭，特别是那些需要迁徙的猫头鹰，他们组成家庭互相帮助迁徙。有的种类的猫头鹰，夫妻关系持续一年左右；有的种类，夫妻关系持续终生。总的来说，猫头鹰成为夫妻后，不管是长期还是一年的，他们都不乱交，两只猫头鹰会很和谐地一起为后代担忧，抚育后代成长。猫头鹰也是地域性的动物，对自己的地盘非常保护，特别是在交配和产卵的季节，不允许任何其他猫头鹰或鸟类侵犯自己的领域。有的猫头鹰要迁徙，所以，他们的地域是暂时的；有的猫头鹰长年住在一个地方，地域则是永久性的。有意思的是，其他的鸟类，一旦孩子长大，他们就不再认父母了，父母也不再允许他们在自己的领地生活，但有的猫头鹰允许自己上一年的孩子，还在自己的领地住一年，如果孩子找不到新领地的话。

猫头鹰自己不建家，这一点与鹰和很多其他的鸟类不同。猫头鹰是机会主义者，他们懒得自己建房子，通常都是利用别人用过的鹊巢，或用过的现成的地点，稍加维修或根本不维修，得过且过了。不过，各种猫头鹰也不尽相同。雪鸮生活在北极附近，他们利用地下洞当家。雌性通常力图把家建得好一点，就把洞刨深一些。短耳猫头鹰喜欢把草地的洞当家，长耳猫头鹰喜欢在树上，用别的鸟的巢做自己的巢。总之，猫头鹰的巢是洞式的，因此，人类房屋的洞、房檐的洞等也是猫头鹰选择的地方，仓鸮就由此得名。猫头鹰通常一年下一个到十三个蛋，下多少蛋，是由他们的生活条件、季节和种类决定的。不过，一般说来，猫头鹰一年下三四个蛋，这个过程是一个月左右。一个蛋、一个蛋地下了后，猫头鹰的孩子也一个再接着一个出生。因此最先出生的孩子比较强壮，获得的食物也比较多，最末出生的很难存活。有的时候，大的孩子还把小的杀死，完全是生存本能的驱使。因此，一窝猫头鹰，活下来的，通常也就一两个。季节不好，或其他自然灾害等等，可能一个也活不下来。

猫头鹰的个头因种类不同而不同。世界上最小的猫头鹰只有12厘米长，最大的猫头鹰是他的六七倍，84厘米长。猫头鹰有两个大的类别，一个是仓鸮(tytonidae)，这种猫头鹰已知的一共有18种；另一大类别是鸱鸮（strigidae），这个大类别里有194种猫头鹰。所以在谈论猫头鹰的时候，我觉得除了基本的以外，还要非常具体地谈每一种猫头鹰的习性。要是想看猫头鹰的种类，可以在美国的网站上查看，并不难查到。

猫头鹰黄昏开始醒来，黎明开始沉寂，夜出昼归，和人类的生活方式正好相反。他们白天的时候，喜欢整理羽毛、伸展身体、打哈欠、用爪子梳头，用嘴把爪子和指甲清理干净。清理完后，他们可能去看望"朋友"，特别是在寻找伴侣的季节。其他时间，他们喜欢沉思默想，喜欢独处或夫妻在一起，他们不太喜欢热闹，只有在孵化季节，他们才有成群结队的时刻。猫头鹰的身体语言极为丰富。他们很会摇头晃脑、点头哈腰，好像对什么都很客气好奇的样子。其实他们这样做的目的是为了调整他们看东西的身体姿势。当他们休息的时候，他们的羽毛松松散散；当他们警醒的时候，他们的身体立刻变得瘦起来，羽毛贴在身上，身体也站立起来。好像我们人类，休息的时候穿着宽大的睡衣；工作的时候，换上工作服。当保护他们自己的孩子的时候，猫头鹰会有一种保护孩子的姿势，露出对别人威胁的姿势，他们的羽毛会张开，显得比实际大。他们攻击一切可能的敌人，就是人类也不例外。猫头鹰还到浅水中洗澡，有时，也利用下雨洗澡。

因为猫头鹰是狩猎的动物，很多其他种类的鸟都很怕他们，所以这些鸟就组织起来攻击猫头鹰。有的时候，组织起来的鸟会有很多种类，他们齐心协力，攻击让他们最害怕的猫头鹰。有意思的是，猫头鹰对此不以为然，因为猫头鹰很少被这种攻击伤害。遇到这种情况，猫头鹰就换个地方住，离这些群氓远远的。猫头鹰不是迁徙的动物，大部分都住在一个地方，只有少数住在寒冷地区的猫头鹰，冬天的时候，会飞到暖和一点的地方去。

猫头鹰捕获的手段很多。有意思的是，在食物丰盛的季节，猫头鹰可能会储藏食物。他们把捕获的食物放在一个储藏所，树洞、家巢或树杈上，以备不时之需。众所周知，猫头鹰不能咀嚼食物，他们生吞食物。小的昆虫还可以，较大一点的东西，他们就只好先撕碎了，一块一块地吞。与其他种类的鸟不同，猫头鹰脖子旁边没有装食物的袋子，不能储存食物，所以他们吃的东西都立刻到消化系统里去了。

猫头鹰和鸟类一样，胃是由两个部分组成的。一个部分是产生帮助消化的有腺细胞的胃，另一个部分是没有腺细胞的胃。这个部分好像是一个过滤器，把不能溶化的食物比如骨头、牙齿、羽毛等等都过滤出来。而能溶化的食物就进入消化系统吸收，最后排泄。

吃东西几个小时之后，那些不能溶化、还在第二个胃里待着的东西，被挤压成"食蛋"，形状就像第二个胃本身一样。这个"食蛋"被挤压出来，回到第一个胃，在那里再待十个小时左右。由于"食蛋"在第一个胃里，阻挡新食物进来，所以，猫头鹰在吃新的食物之前，就把"食蛋"吐出来。吐"食蛋"，意味着猫头鹰要吃新的东西了。一个"食蛋"的形成并不是一次吃饭的结果。如果猫头鹰在几个小时之内吃了好几次东西，会形成一个"食蛋"。

吐"食蛋"是猫头鹰规律生活中的一环。他们常常飞回家去吐，因为吐的过程好像很痛苦，他的眼睛闭上，伸长脖子，把"食蛋"压出来，好像在生一个孩子似的。

当我打电话给凯伦，约时间去看猫头鹰的时候，对猫头鹰的习性我已经有所了解。好几天时间，我天天看关于猫头鹰的书，书房里摆着猫头鹰的图，猫头鹰已经成为我想象的朋友了。我主要想仔细观察猫头鹰的种类和身体部分的功能。这些功能，读的时候，似乎知道了，只有看的时候，才能真的看出特点和区别来。几天以后，我去野生动物营救保护中心看猫头鹰，那次难忘的美好的经验，以后再讲。

狼，我的保护神

在所有的动物中，狼和我有着非同寻常的关系。一位德高望重的美国印第安萨满曾为我做过一次穿越空间的功课，为我寻找生命的保护神。他从那个我们通常的意识无法企及的空间回来后，给我带回来一只年老的狼。我不明白为什么我的保护神是狼，他也不给我解释。我们做穿越空间功课时，另一位萨满弹奏着古老的印第安古琴。古琴低沉的乐声在轻风中如重重的叹息、压抑的哭泣。我被这神秘的音乐攫取，低着头，倾听那如泣如诉的音乐，古老、沉重、悠远而美丽。我从此改变了一生所谓的"科学"态度，相信在这个我们时时刻刻都想解说世界的时代，有些东西是不可解说、无法解说的。"科学也是一种宗教，它有自己的信仰系统，它信仰的是它可以解说一切，与宗教相信它可以解说一切，本质上没什么不同。"我的老公，一位完全接受西方科学训练的儿科医生如此阐释科学。也许正是这种观念，导致了他对各种文化的好奇，对那些正在消失的古老文化的热爱，他认为抢救和保存古老的文化是人类不忘本的唯一出路。也正是出于这种信念，他多次谈起，他不相信科学可以真正解释人类、解释一切。因为他说，多年的科学训练告诉他，有很多领域科学不能跨入并给予合理解释，如同宗教不能进入多个领域并给予合理阐释一样。

关于科学与宗教的关系，我们讨论过很多，我们的讨论也导致我对自己"科学"立场的反思。为什么我相信"科学"？

为什么我相信科学是万能的，从没想过科学的限度？从哲学角度上，我如何思考科学的领域和限度？自从来美国之后，我的人生经历使我接触了很多不同种族和阶级的文化，我的学术训练又强调怀疑、批判和深入思考，因此我开始对自己坚信不移的观念进行反思。我开始对科学有了不同的理解，我对科学万能的"宗教"有了新的批判。稍微读一些科学史的人就都知道，科学这个概念是资本主义发展初期，资产阶级对资本信仰的一种表达。新兴的资产阶级相信通过科学和资本可以征服和战胜一切，特别是在中世纪看起来完全不可征服的大自然。如果说漫长的中世纪，西方人生活在神、魔（自然力量）、人三者不分的世界，那么在神、魔、人这三个主体共存的世界中，人处于最低的阶层：人不但要服从神，也要服从和尊重魔——魔力巨大的大自然和其他非人类的力量。工业革命以来的西方人生活在努力把神、魔、人分开的世界里，并逐渐努力征服和战胜高于自己的魔。结果是今天在美国，人似乎还在相信神，特别是美国人，对神的崇拜虽然在减少，可是神还是处于某种神圣的地位，但是，魔已经丧失了全部力量，人对魔的态度已经彻底改变了。魔，那些中世纪时代不可思议的力量，被人的力量打倒了。人把大片森林砍伐了，看到森林里并没有魔的城堡；人发明了比鸟飞得快的飞机、比卡优逊跑得快的汽车。在过去四百年中，人真的逐渐成了世界上主宰一切的动物——除了死亡，死亡还决定在神的手里。人相信，通过科学（包括理性），人可以穿透、征服、制伏魔。如果说人还对神有所尊重，那么，人却不再信仰和尊重魔了，人信仰自己的力量，而自己的力量，则来自于"科学"。这种乐观主义和对科学、理性的崇拜是西方在现代化过程中形成的主导意识形态，这种意识形态看起来如此自然，以致我们把科学万能看成是理所当然的，把科学和理性这两种资产阶级的意识形态当成是自然的。是的，后现代主义思想家试图向现代主义的理性挑战，但是，后现代主义理论在强大的既存意识形态面前，并不显得那么有力，虽然这种理论为我们重新思考现代性提供了新的可能。近四百年来，科学的崇拜仍是西方文明的主要崇拜之一。

西方这种对科学的崇拜在19世纪末20世纪初传到了中国。我如今在大学里教授20世纪中国文学话语一课，每次教这门课，我都要带学生读20世纪初中国知识分子关于文学、科学、政治等的文章，阅读那个时期出版的小说、诗歌。多少次讨论都集中在一个议题：中国和西方相遇时期，中国农业文明在西方工业文明面前不堪一击时，中国知识分子到底想要什么？我的论点是，晚清以来知识分子焦虑，对中国未来的焦虑，都集中在如何看待西方的科学这点上。从开始对西方科学的不以为然，到意识到西方科学是"用"，中国文化是"体"。19世纪七八十年代的对"西学为用，中学为体"的争论，不仅贯穿在知识分子所有的讨论中，而且还深刻影响了清朝政府的政策。越来越怀疑中国文化，越来越倾向西方科学，成了进步知识分子的身份特征。刘鹗著名的《老残游记》第一章，非常形象地描述了中国知识分子在20世纪初对西方科学和中国文化的态度。在这章里，老残做了一个梦，梦中，他看到一条大船在海中下沉，原因是这条大船上没有罗盘也没有西方的导航仪等导航技术。老残和两个朋友决定乘小船去大船，给大船的人送去他们航行需要的罗盘和航行仪器，他们劈风斩浪赶到大船，把罗盘等送给船长，结果挨了一通臭骂，"此物怎样用法？有何用处？""外国向盘，一定是洋鬼子差遣来的汉奸！"船员们嚷嚷着，威胁要把老残等人扔下海去。老残由此梦醒，痛觉国人之落后。这种一方面对西方科学的相信、崇拜，另一方面对西方科学的怀疑、愤怒，到了五四时期，走到了极点，"赛先生"的科学成了中国民族和文化的救星。笼罩在五四的话语之下，20世纪20年代的中国知识分子都是赛先生信徒，都是赛先生坚信不移的跟随者。在赛先生的名义下，鲁迅把中医贬低得一无是处，直到他本人死在日本西医的手里也丝毫未变。在赛先生的名义下，中国的传统文化被自己的知识分子抛弃，中国的传统被看成是落后、该舍弃的。西方的赛先生，成了我们走向现代的领路人。我自己也是其中一个坚定的信徒，生病的时候，我拒绝看中医。父亲祖上十三代专业经营小儿科的药学和药店，父亲的子女中竟无一人对中医有兴趣，中医在我们家里成了迷信的代名词。在这样的中国知识分子氛围、历史背景、个人家庭环境长大的我，听从事西医工作的老公对西方医学的批判，不啻晴天霹雳。吃惊之余，引发我重新思考科学和中国现代性的关系，引发我重新思考人与自然、人与动物的关系。

也就在这时，狼来到我的生活中。那个下午，大雪在我新英格兰的老房子窗外纷纷飘落，我坐在壁炉旁读书，透过百叶窗看外面雪封的世界。那个下午，我感到非常孤独，感到完全与世隔绝。新英格兰的冬天是那么漫长，我是那么孤单和感伤，我想到多年前学英文时我翻译的加拿大作家玛格丽特·阿特伍德的一篇小说，讲的是一个年轻的新任教授，在一个冰雪覆盖的顶尖的私立大学里教诗歌，她本人也是诗人，孤独的生活导致她精神崩溃，最后被送进精神病院。她的同事在整理她的稿件时，看到一卷一卷、惊人的诗歌。当年翻译这篇小说时，我的英文都不足以把那篇小说从头到尾念一遍，如今英文是我的日常生活和工作语言，而我却成了一名新教授，在冰封的世界里，孤独地面对大雪和正在写的博士论文。我觉得自己好像生活在一个寓言中，生命的无法承受之轻还是之重？我打开了电视，一群狼向我走来。那是一部关于狼的纪录片，讲狼的生活和习性。跟踪狼，研究狼，在影片中介绍狼的是蜚声动物学界的著名学者戴维·梅赫。梅赫一脸大胡子，身着便装，看起来跟成千上万热爱户外活动的人没有什么不同。不过我这个新入门的动物学爱好者，对梅赫却早有耳闻。原因很简单，思彬曾经为本地野生动物营救保护中心饲养被抛弃或受伤的狼，为了研究狼的习性，我们家里有很多关于狼的书。思彬很早就向我推荐梅赫的书，他说："要想了解狼，就得读梅赫。"所以，当我在电视上看到梅赫的时候，我一点也不陌生，好像梅赫是在我家住了好久的朋友。我目不转睛地看这个关于狼的节目，跟梅赫进入狼的生活世界，完全被神奇的狼的生活、习性和品质迷住了。关上电视的时候，我起身，走到窗前，雪把宝盾大学古典的校园装饰得有种不真实的美。我有幸在这里教书，在这里与西方的学术传统和伟大文明相遇，在这里遇到终生的好朋友。在这里，在我觉得孤单的时刻，我的保护神又向我走来。

第二天，我成了北美狼保护学会的会员，我决心保护我的保护神。思彬把梅赫的书《狼：一种濒临灭绝的种类的生态学和习性》快递给了我，我写论文累了的时候，就打开梅赫的书，走进狼的世界。那年圣诞节，我得到的礼物是，一个长毛绒狼玩偶，一个有着狼照片的椅垫。我家房子外面温度计的图案是两只警觉的狼，我家有三条聪明活泼的狼狗——据说他们，本来是狼，只因思彬把他们抱回家时，他们才生下来几天，养成了对思彬和其他人的信任，我们才管他们叫狗。我生活在一个善良可爱的狼的世界里。

可人为什么怕狼？为什么人们谈狼色变，好像狼是人不共戴天的敌人？中国古代就有背信弃义的中山狼的传说，古代希腊的

《伊索寓言》里，更有许多关于狡猾的狼的故事。狼在中外文化中，似乎都是一个反面形象，虽然，根据古罗马的传说，罗马就是狼哺育的。据说，国王的女儿瑞亚·西尔维亚本应是献身常年不灭圣火的处女。可是，她和战神有染，生了一对双胞胎，将成为国王的哥哥下令把瑞亚和她的孩子都杀死，因为瑞亚破坏了她的处女诺言。接到命令去杀瑞亚的仆人把孩子装在摇篮里，来到河边，却无论如何也下不了决心把孩子扔到河里，于是他把孩子留在岸边。早晨，孩子因饥饿而啼哭，一只母狼正好经过，听到孩子的哭声，她把自己的乳头塞给孩子，两个孩子由此得救。两个男孩长大后，决定建立一座城市，兄弟两个争执起来，结果一个把另一个杀死了。活下来的，就建立城市并命名这座城市为罗马。在这个兄弟姐妹互相残杀的故事里，只有一个无私的存在，那就是那只没有名字的母狼。常言道罗马不是一天建成的，但罗马是一只狼的善良哺育的。如今，母狼和这两个男孩的形象已经成为罗马的象征。

狼的本性是什么？打开戴维·梅赫的书，首先谈的就是狼的本性。梅赫是一名动物学家，这本书读起来就好像是科学报告，未免不那么有趣。梅赫开篇就引证在他之前从事狼研究的学者的报告，论证说，狼的第一本性是他们可以"和其他个体建立感情的密切关系"，也就是他们建立爱、互助和友好的关系能力。正是这种能力，使狼在很多年前被人类驯养成了狗。狼和狗在建立感情关系方面的本性十分相似。也正是这种本性使狼建立他们生活的单位——群。狼不是单独活动的动物，一只孤独的狼在现实中没有生存的可能，如果一只狼独自漂流，那一定是有什么问题。狼在一起，结成一个群，共同生活、打猎、抚育孩子……狼群大小不同，一般来说，一个群一般不超过八只狼。梅赫书中记载的最大的狼群有36只狼。狼的第二本性是他们对打斗、打架的本能的厌恶，也就是狼本身有非常温顺的品质。梅赫和其他动物学家都记录，狼看到打斗，通常都是绕着走，或干脆跑开。狼不是主动袭击的动物，与很多其他的食肉动物不太一样。有个动物学家记录，一次他看到三只小狼，走过去抚摸小狼，狼妈妈正好回来了。她站在不远处，看到那个动物学家并没有伤害小狼，就一直盯着看，没有如其他的母肉食动物那样扑过来。梅赫自己也有这种体会。梅赫在研究狼和写作的时候，一直有四五个博士生跟他一起读书工作。一次他们逮到一只狼，他们揪着狼的耳朵，查看他的牙齿，给他装上电子跟踪器，那只狼乖乖地听从他们摆弄。梅赫说，狼的柔顺本性，听起来好像不可信，但是这是事实，是狼的本性。只有在某些情况下，狼才会抵御、保卫自己。当然，每只狼都有自己的个性。动物学家路易·克瑞斯勒描述她在北极观察的狼：一只公狼，面貌如同王爷，但胆小，热爱奢侈的东西；一只母狼，胆大、顽皮、高高兴兴的、富有创造力。另外一只母狼则热心肠，非常富有爱和感情，从来不嫉妒，也不要求别的狼什么；而另外一只公狼则惹是生非等等。我们家的三只狼狗，贝奥武甫胆大、冒失、不爱思考，摩根谨慎、优雅、喜欢被抚摸，哈瓦苏可怜兮兮，看人的眼色行事。我写作的时候，哈瓦苏总是趴在我书房门外，时时刻刻和我在一起。

狼的智力到底有多高？梅赫说，"就我们现在所知的动物知识来比较狼和其他种类动物的智力是不够的，也不公平。"在漫长的进化过程中，狼有自己独特的语言系统，或独特的交流系统，这种高度发达的语言与交流系统，证明狼的智力非同寻常。梅赫归纳说，狼的语言交流系统有三类：姿势的、味觉的和声音的。首先，和人一样，狼有面部表情，他们通过面部肌肉的收缩变化表达他们的感情。其二，狼的尾巴也是重要的语言工具，尾巴的高度、姿势等都能表明一只狼的状态和社会地位。梅赫观察到一次极为有趣的尾巴语言展示。在交配季节的罗亚尔岛上，15只狼在头狼的带领下，正单行线穿越小岛。头狼显然对另一只母狼更有兴趣，所以他老是想走在那只母狼的后边。那只母狼看起来没有经验，对带领全队狼行进感到不知所措，所以，她左看右看，兜着圈子，两次折回来，试图走在头狼后面。头狼被母狼的生殖器官吸引，结果他们两个绕起圈子来，其他的狼只好等着，后来大家决定先走一步，走了差不多100英尺，停下来，等那对绕圈子的伴侣。后来，头狼醒悟了，走到队前，在他经过的时候，全队其他的狼都夹着尾巴站直了，对头狼表示恭敬。而头狼的尾巴则高高地翘直，如同指挥棒，从他下属的面前走过。其三，身体姿势。狼的身体姿势复杂多样，我家的哈瓦苏有时喜欢用后背躺在地上，当我们走过时，她四肢伸在空中，表示彻底的服从，也表示她需要抚爱。如果狼有一段时间，即使是几个小时没见面，他们也有一个特殊的礼节，叫"问候礼"——也就是他们一见面，用鼻子亲吻彼此，特别是处于服从地位的狼，要亲吻另一只狼的嘴巴，闻他的味道，表示服从。狼的嗅觉系统也极为发达，他们的嗅觉能力是人的一百倍。狼喜欢闻彼此的排泄器官的味道，特别是占统治地位的狼，有权力把他的鼻子放在别的狼的屁股上，通过这种强制性的象征，巩固自己的地位。通常他们的听觉也非常灵敏。有位动物学家记录，他养的狼能听到四英里之外别的狼的呼啸。狼其实主要靠嗅觉和听觉来寻找食物。

狼是食肉动物，在种类上和狗是一家。狼一般是灰色的。不过，也有黑色、红色和白色的狼。我家的狼有两只是黑的，一只是灰黄的。他们和卡优逊常常被弄混，但是，卡优逊的个子要小得多。他们也和狼狗非常相像。德国牧羊犬、印第安狗等看起来都和狼很相像，因此有时很难分辨他们。梅赫认为，狼的尾巴通常拖在身后，狗的尾巴通常都翘起来。狼一年生一次孩子，狗一年生两次，但是，因为狼和狗经常互相交配，原本纯粹的狗恐怕很难那么纯粹。据说，在欧洲移民来到美洲之前，美国本土印第安人的狗几乎没有纯种的。实际上，人类最好的朋友狗，就是狼的后裔。

北美洲本土的狼主要有两大类：森林狼和冻土狼。森林狼主要活动在森林和山区，颜色以灰和黑为主，还包括红色的。冻土狼的颜色要亮得多，以白色等为主。这两大类狼又可分为具体的32种类别，分布在北美洲各地。北美现在有多少狼？可以说，在美国出现之前，美洲大地上，到处都是狼。那时，灰色的森林狼生活在从东到西的每一块土地上，红色的狼主要在美洲的西南部。随着移民的涌入，狼和人共同争夺资源，在人类的现代化武器下，到20世纪中叶，北美洲的狼几乎都被赶尽杀绝了，墨西哥灰狼和红狼已经彻底灭绝，只有明尼苏达州还残存一些森林狼。1987年，红狼重新被引入国家野生动物保护地，目前北美洲大约有300只左右的红狼。1998年，11只墨西哥灰狼被引入国家森林，这是近三十年来，墨西哥灰狼第一次回到野生状态中。现在，狼在美国是国家保护动物，被列为濒临灭绝动物。在美国的48个本土州内，目前大约只有2800只左右的狼，其中大约2000只在明尼苏达州境内。

"任何在有狼的国度度过很多时光的人都会确认，狼是北美洲荒野上的最孤僻也最羞怯的动物"。说他们孤僻，是因为很难看到他们；说他们羞怯，是因为他们本身的避人习性。狼一闻见人的味，就会害怕，所以他们躲避人类，躲避和人类社会的接触。我猜这大概是狼的集体记忆的后遗症吧。自狼被人类视为敌人以来，一次次与人交战的经验一定教会了他们警惕人类。虽然狼本身是善良、友好、驯服的，但是，在人类的枪支逼迫下也不得不铤而走险。最羞怯的动物，也许是最勇敢的动物，一旦明白对手毫无善意，也毫无道理可讲，狼就不得不成为斗士，成为不屈服的勇者。

就是在这个意义上，我相信我的保护神，并接受我的保护神赐予我的精神力量。

狼之道

wolf .

狼是极不寻常的动物。他的根本之道是友好、爱好和平与群居。这三个特性也许与我们心中狼的印象截然相反。在一般人的印象中，狼邪恶、狡猾、没有道德感，好像与人类有不共戴天之仇。然而任何与狼有接触的人都会告诉你这个印象是完全错误的。今天晚上我看CNN的电视新闻，新闻正好报道狼作为人的宠物或伴侣的新闻，那个养着好几只狼的男人在电视中说，"一般人完全误解了狼。人们对狼的智力和感情能力没有任何了解，道听途说地把狼想象成有害的动物。"我一边看电视，一边觉得很凑巧，因为我正在写这篇文章。我不知道一般人对狼的印象从何而来，我想，我们古人对狼的智力一定有很多体会。比如成语"狼狈为奸"，显然狼和狈的智力在一起，让聪明的古人也觉得很难对付。想象一下吧，古代森林遍地的中国，狼在大地上徜徉，中国古人一定对狼的聪明、智力和能力有切身体会。我们对付不了的人，只好摇头说他们太聪明，太奸了！古人难道不也如此吗？

我想从"狼狈为奸"这个成语中可以看出，狼的聪明不仅来自他们个人的智力，也来自他们群体的力量。狼是群居、群体活动的动物，这种群居以一个小家庭为单位，一群共同生活的狼由公、母头狼和他们在两三年内生的孩子组成，公、母头狼通常没有血亲关系。有的时候，其他没有血亲关系的狼也会加入一群狼。一群狼通常有自己的领地，领地视这群狼的情况而大小不一。比如，明尼苏达州的灰狼领地为25～150平方英里左右，而阿拉斯加的灰狼领地要大得多，达300～1000平方英里，生活在南方的红狼的领地似乎要小一些。1999年，美国科学家把红狼重新放回山林，根据对他们的观察，狼学家发现他们的领地是38～87平方英里。生活在自己的领地里，狼是"家庭中心"价值的典范。

首先，狼是一夫一妻的动物。在这点上，狼与狗完全不一样。我对狼夫妻之间的忠诚、爱和相互帮助感到惊奇：到底是什么力量使他们彼此如此相爱？有些狼学家解释说是因为生育，狼显然对自己的血统很重视，他们不希望孩子的血统可疑。他们既没有血型分析也没有基因鉴定，因此他们自动一夫一妻，保证孩子是自己的。可是这种理论解释不了为什么一群狼中会有无血缘关系的其他狼的存在，也许根本不是血统而是其他原因，比如味道或在一起相处愉快等。因为狼是重感情的动物，他们可以和他们一起生活的人或动物产生深刻的感情，这个纽带把他们紧紧联系在一起。

狼对感情的高度重视常常使研究者感到惊奇和快慰。狼与狼之间兄弟姐妹般的感情让人感动。当狼父母在孩子尚小的时候外出，狼孩子们互相照顾。他们一起玩耍，一起回家，睡觉的时候挤在一起。狼孩子不仅被父母疼爱，也受到上一年出生的兄弟姐妹以及父母的兄弟姐妹疼爱。成年的狼有自动反刍功能，当小狼用嘴去碰触和亲吻成年狼时，不管成年狼是不是小狼的父母或亲人，成年狼都会立刻反刍，把食物吐出来喂小狼。如果一只狼和一只狗一起长大，狼也会对那只狗产生依赖和感情。狼对人也是同样。狼对感情和家庭的重视，我们人类没有理论可以解释，我们只有惊叹的份儿。

狼在21个月左右性成熟，如果想到一只狼的寿命通常是8~12年，他们性成熟期与年龄的比率和我们人类差不多。狼通常在性成熟之前就开始有许多爱抚的举动，两只狼会相互在彼此身上闻来闻去，头蹭来蹭去表示彼此的喜欢。在交配季节，雄性的狼还喜欢闻或舔雌狼的生殖器官。一位狼学家这样描述狼的交配行为："公狼开始围着母狼跳舞，前爪降低，好像一只玩耍的狗摇动他的尾巴。他还会轻轻地咬母狼的脸、耳朵和后背，然后，从后面爬到她的身上。"母狼也向公狼求爱。母狼可能会把前爪、脖子、头放在公狼的肩膀上，她也会用屈服的姿势向公狼示意，倒着走向公狼，把尾巴翘得高高的，向公狼展示自己的生殖器官。"翘起尾巴，母头狼用羽毛一样轻柔的脚步跳起舞，好像在低诉，请对我更温柔……同时，缓慢地、轻微地，前后左右摆动自己的生殖器官。"诱惑显然是双方的，但公狼显然更为主动，通常公狼求爱的次数是母狼求爱次数的三倍左右。不过也有例外，有个狼学家观察，在一个交配季节，有一只公狼得天独厚，有四只母狼向他求爱，他却纹丝不动。在五只公狼的求爱次数里，他只占9%。

在交配季节里，公狼母狼都会有很多求爱的举动，但不是每次求爱都以做爱而结束，只有很少的求爱发展为做爱。据观察统计，从1963年到1966年三年间，美国布鲁克菲尔德动物园的狼群一共有1296次求爱的举动，只有31次是以交合结束的。梅赫自己在田野里观察时，记录到有一群狼，这个狼群有15只狼，他追踪了他们三年。在三年中，他只看到这群狼有四次交配。母狼如果不想接受公狼的求爱，通常是把尾巴一夹，或者干脆坐在自己的尾巴上，让公狼明白他无机可乘。如果母狼想和公狼交配，她不但积极接受公狼的求爱，而且也主动，她会把尾巴摇到旁边，让公狼看到她也准备好了。如果两只狼彼此喜欢，有的时候，他们就省去了求爱过程，直接交配。

狼的交配是一个非常特殊的过程，原因是狼在交配过程中，会彼此一动不动地锁在一起，这种锁在一起的力量是如此强大，即使有外力强迫，他们一时半会儿也分不开。梅赫详细讲述狼的交配过程，提出自己的理论来解释为什么狼会锁在一起。锁的形成是他们彼此的生殖器官肿胀，一时半会儿分不开的结果。他描述到，"当狼的生殖器官交合后，公狼会慢慢地从母狼身上下来，身体缓慢地移动，直到他和母狼站在完全相反的方向，同时他们的生殖器官紧紧地锁在一起。他们尾对尾地锁在那里，一声不响，站在那里，二十到三十分钟。"梅赫解释，这个锁的过程，实际上主要是两只狼心理完成的过程，而不只是生理过程。两只交配的狼，通过锁在一起，表达他们相互的依赖和爱。当锁的过程在一群狼中发生时，其他狼通常立刻跑过来围观，绕着锁着的伴侣，激动地蹦跳着，大概是向爱着的情侣表示祝贺并庆祝未来可能诞生的生命。

统治、性伴侣选择和求爱的次数是紧密联系在一起的。有位狼学家根据自己的研究得出结论说，在一群狼中，只有头狼才可以交配。但是，别的狼学家根据自己的研究质疑这个结论。另外一位狼学家根据对布鲁克菲尔德动物园狼群的观察研究，得出结论，一旦公狼成为头狼之后，他的性兴趣就下降，也就是说，狼的统治地位和他的性兴趣成反比。为什么会这样，科学家也找不出理由来。与公头狼相反，母头狼的性能力一直是最活跃的。还是对布鲁克菲尔德动物园狼群的观察得出的结果。五年之内，虽然这个狼群还有其他性成熟的母狼，但这狼群只有母头狼生孩子，她一年生一只小狼。母头狼死后，其他母狼互相斗争，争夺成为头狼，可是成为头狼的母狼在第一年生了一个孩子，第二年，她没生，而狼群中的其他四只母狼都生了小狼。这个现象说明，我们人类对狼的性和生育能力还没有形成统一的认识。但是，梅赫认为，我们至少对狼的生育有基本了解，这种了解包括以下几个方面：一、在生育季节到来之前，狼之间争夺统治地位的斗争达到白热化，特别是在母狼之中，当头狼就有机会生育，

189

一旦生育季节开始，狼之间的权力关系就基本都确定了下来。二、公头狼是众母狼的大众情人，是众母狼都喜欢选择的性伴侣。三、母头狼不喜欢别的母狼和公头狼交配。四、公头狼经常打断地位比他低的公狼的求爱和交配。五、地位低的狼有时也试图打断地位高的狼的求爱和交配。六、交配伴侣的选择可能与地位有关系，年轻的狼通常喜欢与地位高、老一些的狼交配。这种地位、爱情、情欲和交配关系是如此错综复杂，狼学者们对此进行过许多观察，希望得出规律性的结论。狼学者拉比记录道：

在随之而来的交配季节里，只有一只母狼成功交配并生了一只小狼。这只母狼通过身体和心理的攻击来控制另外两只母狼。一看到其他两只母狼去找公狼或接受公狼的求爱，这只母狼就跑过去攻击她们。那两只母狼每天都吓得躲在森林很小的一块领域里。结果，只有一只母狼有机会偷欢了一次。那还是因为母头狼自己正在交配、顾不过来的缘故。母头狼喜欢公头狼，经常跑去向他求欢，可是另一只母狼也喜欢公头狼，经常向公头狼暗送秋波，母头狼气得要命，一看到他们在一起，她就捣乱。更让她生气的是公头狼喜欢那只母狼，不喜欢她，所以她没办法，只好和另一只公狼交配。公头狼看到那只公狼居然太岁头上动土，和母头狼交配，也跑去捣乱。他多次破坏了这只公狼和母头狼交配的企图。

尽管在交配季节狼之间的矛盾增加了，对母狼的限制也增加了，但是，狼群中友好的社会关系还是保持着。

狼的交配季节从一月到四月，由他们所在的地理位置决定。北方的灰狼一般在二月到四月，南方的红狼一般在一月到二月。母狼的怀孕期是63天。一旦母狼怀了孕，她就开始在地上挖洞建家，为小狼的出生做准备。在生产前三个星期左右，狼的家基本就建成了。在生孩子前一天，母狼一般在家里待着，不出来。狼通常一年只生产一次，一个狼群的狼崽大概在四只到六只不等。狼的成长有四个阶段：第一个阶段叫作新脐带期，是从出生到睁开眼睛这个时期。刚生下来的小狼一磅左右，又聋又瞎，耳朵很小，头是圆的，鼻子扁扁的，也没有什么嗅觉。在这个时期，小狼只知道吮吸和哭。冷了，他们就找温暖的地方；饿了，就哭、找妈妈或者找别的觉得可以依靠的软的东西。如果他们的身体受到柔软的东西刺激，比如母亲的舌头，他们就撒尿或大便。成年的、看管他们的狼会把小狼的排泄物舔干净。第二个阶段是转变期，是从眼睛睁开的11天到20天左右。在这个时期，小狼开始发生变化，好像睡醒了似的。他们开始长牙，开始能听，到外面去玩，控制身体的温度。第三是学习社会期，是从小狼20天到77天左右。之所以叫学习社会期，是因为他们迅速地学习社会行为，如情感表达、情感依赖等等。他们也开始学习怎样打斗，怎样建立和表明自己的社会地位。小狼似乎从生下来两个星期就开始彼此用武力较量起来，通过武力，建立自己的权力和地位。梅赫1967年5月9日从动物园领养两只刚生下12天的小狼，在家里观察他们的生活行为。他详细地记录了这两只狼每天怎样打斗，怎样逐渐建立的服从与统治关系。经过两个星期每天的打斗，最后的赢家成了统治者，输家在赢家面前低头认输。到他们30天时，他们之间的社会地位已经建立了。这个时期也是狼的感情发展期。他们开始与跟他们密切的个体建立情感依赖的关系，特别是与人的关系。如果狼在出生三周内被人收养，狼就会和收养人建立情感依赖关系。同时狼还学会关照狼群中的其他狼，在狼群中建立友谊，和合得来的狼成为密友。除了感情发展之外，小狼跟着年长的狼，学习很多技能。他们跑、爬、跳、玩，嚼一切可以放进嘴里嚼的东西，他们到处探索这个新的世界。他们还要学会嚎叫，学会捕获食物。第四个阶段叫青春期，从三个月到二十二个月这段时间。到三个月以后，狼就不能很快建立感情关系了。狼学家芬特利注意到，他养的狼到三个月以后，见到陌生的人或动物就变得十分警觉，虽然这只狼见到他熟悉的人或动物还是一如既往地热情，但是对陌生人他的警惕性很强。梅赫自己家的狼也是这样。那只母狼，见到陌生人，特别是陌生的男人，总是很害怕。狼的心理也开始从小孩到成年逐渐成熟。狼在三个月之内，认识的狼都是自己群内的；三个月以后，因为到处漫游，他们将遇到别的狼群的狼，建立新的关系。如果一只狼对另外一群狼产生感情，有时他也会离开自己的群，加入另外一群。

狼长得很快，一只六个月左右大的狼，个头已经像成年狼了，所以从外表上很难看出他们的区别。到一岁半左右的时候，他们开始学习猎获食物。在他们真正捕猎之前，他们的食物都是父母或狼群中的成年狼给他们提供的。成年狼去打猎，然后把食物放在特定的地点上，小狼们去那里进食，或者成年狼带小狼去食物那里。小狼自己可能会逮小动物吃，但是在青春期初期，小狼没有能力加入成年狼的围猎活动。他们在父母和群狼的带领下会逐渐学会很多本领。美国前总统的夫人，现任美国国务卿希拉里·克林顿曾写过一本书，《举全村之力》，谈的是她自己做母亲的体会。在人的社会里，一个人的成长不仅有家庭的力量，也有社会的力量。而在狼群的社会里，社会的力量，全体狼群的力量似乎更显著、更重要。

在小狼刚出生的几天里，狼妈妈不离开小狼，狼妈妈半躺在狼窝里，小狼靠在妈妈身上休息或吃奶。如果一只小狼走得远了点，狼妈妈就把他叼回来，放在自己的身边。五天以后，狼妈妈开始走出狼窝，到外边晒晒太阳。狼学家姆里写道："最初的几个星期，母灰狼日夜和孩子在一起。当她开始到外边时，她通常离狼窝几尺之外。过一段时间后，她可能走半里左右去找一些食物，但是，当狼群夜晚出去打猎的时候，她留在家中看管小狼。"母狼留在家中，公狼给家人带回食物。夫妇两只狼似乎都喜欢喂小狼吃东西。成年狼可以控制他们吞吃食物的数量，有时候他们把食物吐在不同的地方，如果小狼没有吃完，成年狼还可以再把食物吃了。狼学家克瑞斯勒写道，"狼不喜欢给小狼不新鲜的食物。一旦有新鲜的食物，狼几乎片刻不停地跑回去喂给小狼，把所有新鲜的食物都给小狼，这样做让他们感到心满意足。"成年狼在一个群里，他们一起共同抚育小狼，不管是不是小狼的父母都这样做。狼过的是群体生活，好像是一个共产主义公社。成年狼集体出动，围猎、猎获食物，为孩子们的成长尽力。如果小狼要吃东西，即使成年狼肚子空空，他们也会立刻去捕猎，不管是夜晚还是中午。成年狼有时要跑很远去猎获食物，他们不辞辛苦，兢兢业业地为孩子服务。如果年景好，小狼会存活下来。然而，大自然的淘汰是残酷的，虽然群体努力养活小狼，但小狼的存活率实在不高。饿死是小狼死亡最主要的原因。一只狼一年需要杀死15～20只鹿来维持自己的生命。冬天是残酷的季节，很多狼会饥寒交迫而死。野外的狼比人类饲养的狼寿命短，因为野外狼的活动量要大得多。野外狼的寿命一般是8～12岁，而人类饲养的灰狼最多可以活到13岁，红狼的记录是16岁。被饲养的狼大概创造了狼的长寿记录。在现代社会，狼被赶尽杀绝，是狼数量下降的根本原因。

重感情，忠诚，热爱孩子，群体齐心协力抚育孩子，这是狼的生活方式，也是狼之道。

参考文献

[1] David Mech, Luiqi Boitani, *Wolves, Behavior, Ecology, and Conservation.* Chicago: University of Chicago Press, 2003.

[2] David Mech, Luiqi Boitani, *The Wolf: The Ecology and Behavior of An Endangered Species.* Minneapolis: University of Minnesota Press, 1907. 1994.

[3] David Mech, Luiqi Boitani, *Way of The Wolf,* Voyageur Press, 1991. 1995.

# 狼 与 人

巴里·霍斯顿·洛佩兹的《狼与人》是一本非常出色的关于狼与人关系的书。我常想，我们每个人的一生可能都会有几本书如闪电一般照亮我们一直在黑暗中摸索的灵魂。这本书对于我就有这样的意义。书的内容引人入胜、发人深省。该书1978年出版后，相当长一段时间在《纽约时报》畅销书榜上位居前列。时至今日，好评仍然如潮。"一本极好的书！""聪明绝伦！一部充满了智慧、献身精神和美的书！最值得注意的是，它不仅是为狼而写，也为人类而写。""充满了雄辩！他对这些令人鄙视、让人恐惧、被人神化的动物的理解，努力地带领我们进入某种令人心颤的陌生之中，这种陌生表达了这本书的原创性。"不像往常一样，我没有一口气把这本书读完。我读的时候，经常把书放下，站起来，在房间或到树林间踱步。是的，我被洛佩兹美丽的英语深深吸引，我也被他的思考深深震动。洛佩兹对西方文化和行为的批判，激发我审视自己在思考现代性时的立场，激发我重新思考中国知识分子怎样在20世纪初把西方的现代性当成唯一的现代性，激发我重新思考自己的文化传统。洛佩兹的思考是一种挑战。是的，《狼与人》是这样一本书，你拿起来就放不下，可是，你又不得不放下，它迫使你思考。书写得优美、机智、精彩，但是，书又极为严肃、深沉，凝聚着一个当代知识分子对今日文化和人类在自然中的位置的挑战性的重新审视。作品语言优美是因为作者是一位文学家，他以写小说和散文著称，特别是关于大自然的散文。在美国当代文学中，他被誉为"美国作家中的主要声音之一"。到目前为止，他已经发表了八部短篇小说集、一本寓言及六部非虚构的纪实文学作品。他的主要著作有《荒野笔记》、《狼与人》、《北极之梦》、《加勒比轻装行动》等。因《北极之梦》，他于1987年获得了国家图书奖。他还因"出色的对自然历史的书写"获得了声誉卓著的"约翰·保罗金质奖章"，因"人道主义写作"获得了"克利斯朵夫奖章"。在读洛佩兹的书的过程中，我逐渐发现，这样一位声誉卓著的作家就住在我家所在的这个地区，俄勒冈州卡斯克德的群山里。虽然我不认识他，但是知道一位热爱大自然、热爱动物的著名作家也选择在我喜欢的地区居住，让我觉得和他很亲近。我的大学里有关于他的录像带，我就借来看，听他朗诵自己的小说。左看右看，这个大胡子的瘦男人好像就是我的邻居呀！

　　我在阿拉斯加法尔班克斯克外的一间小木屋里写这些字。这里，寒冷如铁一样钉在每个角落。漫长的冬天的黑暗使我们大部分时间都把灯点亮着。外边，零下30度，烧炉子用的木头斧子刚一碰，就噼噼啪啪地爆裂开了。在白天的暗淡的光线中，隔着针叶短树丛，我可以看到那边。

　　到那边去。

　　在这个国度你走上好几个小时，也看不到任何动物的痕迹。也许一只野兔的身影。也许过了好一会儿，一只驼鹿的痕迹。在深冬，简直什么都一动不动。在这里生存极为艰难。但是，狼得吃。狼在黑暗中狩猎。狼得保暖。狼得到那边去。

我出声地念这本书开篇的三个段落，好像是在念抑扬顿挫的诗歌。语言有怎样的魔力，可以使我们深深着迷？英文是这样美丽的语言，洛佩兹的语言又是这样生动有力、富有诗意，让我深深沉醉。前面三段话，好像是森林中的轻语、夜晚的喃喃自语。接着：

狼是极为不同寻常的动物。1976年的冬天，一位航空猎手惊讶地看到了十只正在阿拉斯加山脉一座山顶上穿行的群狼。这里，狼群无路可逃。持枪的人迅速射中了九只。第十只冲跑到山顶的悬崖边。猎手知道悬崖下是万丈陡壁，300多英尺深，那只狼面临的只是一条绝路。他好奇地想看个究竟，看看那只狼到底在绝路面前能干什么。只见那只狼毫不犹豫地纵身跳下悬崖，掉到300英尺下的雪地上，抖抖身体，在暴雪中夺路飞跑。

……

狼捕猎的技巧变化万千。狼给那些不能再捕猎的年老的

201

狼提供食物。狼给彼此礼物。他们可以一个星期不吃不喝，他们可以疾走20英里而面不改色。他们有三种交流系统：语言、行为和嗅觉。他们身体的颜色从藏蓝到纯白，从巧克力色、浅褐色、桂皮色、灰色到金黄色。如同最高级的动物——灵长类动物一样，狼和他们的孩子在一起度过很多时光，他们玩耍、游乐、嬉戏。一次，我曾在冻土带看到一只狼，叼着一块草皮，藏来藏去，好像自己和自己玩飞盘似的玩了一个多小时。

……

狼对人类的想象力有很大很强的影响。狼让你瞠目结舌，狼使你惊悚不安。贝拉库拉印第安人相信，曾经有人想把所有的动物都变成人，结果，他只成功地把人变成了狼的眼睛。恨狼的人说狼是天生的杀戮者，但这不是真的；爱狼的人说，除非陷入绝境，狼从来都不吃人，这也不是真的。

……

在研究狼的过程中，我从各个角度观察过狼。我在阿拉斯加的巴洛，在圣路易斯，在新斯科舍，观察过被捕获、被豢养的狼；我穿过达科他、蒙大拿和怀俄明，寻访那些年轻时以打狼为生、而今年迈的猎狼人；在纽约的图书馆里，我阅读上百年前人们看待和想象狼的文字；我在历史档案馆阅读被当成罪犯的狼和印第安人的资料；我在明尼苏达与阿拉斯加和生物学家一起在田野上追踪狼，我跟爱斯基摩人谈狼，我跟恨狼的人、也跟爱狼的人讨论狼。我记得在阿拉斯加的那个小木屋中，一天晚上，我阅读我的各类笔记，想到了约瑟夫·坎贝尔在他《原始神话》的末尾结论道，"人并没有发现神，人创造了神。"人，真是这样，我读着自己的笔记，想，是人，创造了他们的动物。

洛佩兹为本书所写的前言把他的写作立场、态度和背景都说得清清楚楚。作者的亲身观察、研究及对人类和动物关系的思考，都在这简短的前言中表达得极为透彻。使我更感兴趣的是，洛佩兹说，我们创造了动物。我想，在什么意义上我们创造了动物？动物的本性不是客观存在的吗？怀着这个疑问，我打开了书，在阅读了全书之后，我恍然大悟。是的，我们创造了动物。从我们对动物的理解，从世界各个文化对狼的观念的变化，可以看出动物是怎样被人类从自己的经验出发逐渐创造出来的。从我们对人的理解，对人和自然关系理解的变化，我们也可以说，人是被自己创造出来的。如今，在后工业革命和信息时代，对动物的新理解是否会导致我们对动物的新创造？对动物与人关系的新创造？

这本书一共有四章。主要从四个角度论述狼。第一章把狼作为科学研究的对象。第二章阐释在大自然中与狼共生的人对狼的感情和理解。第三章叙述狼怎样成为移民和定居者仇恨的对象。第四章探究狼是怎样被文化创造的。具体来说，第一章《食肉动物》，关注狼的起源、狼的社会结构、狼的语言交流系统，以及狼怎样狩猎和在自己的领域内活动。第二章《一朵云飞过头顶》，考察北美印第安人对狼的理解和概念，这是本书对狼生态文化研究最重要的贡献，洛佩兹坚持以印第安人的视角来看狼，并坚持要求读者也以同样的视角理解狼、理解人与狼的关系。第三章《废墟与荒凉中的野兽》，探讨白人是怎样有系统地杀戮狼的。洛佩兹对白人野蛮行为的批判，不仅是对西方文化的批判，也是对西方所谓科学的重新思考和批判。最后一章《那只狼将吞食太阳》，考察西方文化中，包括神话、哲学、文学、绘画中狼的形象的变迁，叙述了"狼文化"史，对西方文化怎样创造狼进行了历史的梳理。

虽然关于狼的社会结构和语言系统，我在另一篇文章中已经介绍过了，但洛佩兹的书还是提出了新的观点，这些观点和梅赫教授的也很不相同。在洛佩兹的新观点中，我觉得有意思的是洛佩兹在论述狼的社会结构时，他愤怒地批评其他的狼生态学者，他说，"我们常常觉得如狼一样的动物，跟我们人类在社会结构上有那么多的共同点。因为女性在西方的人类社会中处于次要的服从的位置，所以，雌性的狼也相应地处在服从的地位。事实上，这个类比是很糟糕的"。传统的狼生态学认为公头狼是狼群的首领。洛佩兹不同意这个观点，他说，事实上，在狼群中，母狼倒是更可能是狼群的首领，并对整个狼群产生强烈影响。因为是母狼决定在哪里建窝，而建窝也就决定了随之而来的五六个星期的狩猎地区。不仅母狼建窝的作用极为关键，而且年轻的母狼通常都比年轻的公狼跑得要快一些，是更好的猎手。洛佩兹思考到，"公狼猎手——公狼是狼群首领的这个形象是误导的。我敢肯定，这个误导的形象是由男性倡导和坚持的，因为狼生态研究领域，是男性占统治地位。"洛佩兹对某些研究者把自己的观点强加给狼或其他动物，如大猩猩，来论证自己的观点很不以为然。他说，由于近年来我们越来越习惯大公司的等级制度，因此希望狼也像我们人类一样等级分明，这种倾向是我们自己思维的产物。狼的社会位置是一个活动的、不断变化的过程，特别是在交配、哺乳季节，在长途跋涉和领地维持的过程中，狼的社会等级可以随时发生变化。狼的特殊性还在于每只狼都有不同的脾气禀性：有的狼独断专行、有的狼暴躁刚烈、有的狼迟钝笨拙，因此，狼群也有各自的性格。

洛佩兹还探讨狼和人类生活习性的不同。比如，狼不像我们人类一样容易感到饱或饥饿。他们的饮食习惯和消化系统适应他们的生存环境，那就是要么暴餐，要么断粮。他们可以一顿吃下占他们体重五分之一重的食物，也可以几天粒肉不沾，三四天没有肉没有任何食物。他们暴餐一顿后就会躺在地上晒太阳，等几个小时消化完后再站起来。洛佩兹探讨狼的智力和智慧。狼靠打猎为生，是出色的猎手，在狩猎中他们有勇有谋，他们懂得怎样布下埋伏，懂得怎样诱敌深入，怎样共同行动、捕捉猎物。他们还懂得不能过度猎杀动物。在他们活动的领域，研究者发现，狼居然采用"间歇耕作"制来狩猎，也就是有几年他们根本不捕杀自己领地某一地区的任何动物，等四五年后，动物数量繁殖增长后，他们再去在那个地区狩猎。洛佩兹揭示关于狼的程式化概念的荒谬，比如狼吃人的概念。洛佩兹根据狼生态学家的研究得出结论，狼一般是不主动袭击人的。实际上，狼袭击和捕猎动物是有选择的，通常他们猎食的动物都是老弱病残的，狼一般不猎食健康的动物。狼怎样判定一只动物的身体状况？也许是凭嗅觉，也许是看其行为举止。一次一名研究者发现，一群狼看到四只野牛，两只公的，两只母的。其中三只健康，一只有点瘸。这群狼走近野牛，然后又退回来，往返了几次。每次接近野牛时，那只瘸的牛都惊惶失措，四处张望，而那三只健康的牛都静坐不动，不予理会。最后，当狼接近瘸的牛时，那只瘸牛单独面对狼群，好像狼和其他野牛已经有了默契，这种选择的过程好像是双方共同进行的。狼专门袭击老弱病残的动物，是有逻辑的，因为老弱病残的动物本身就需要被淘汰，在弱肉强食的生存竞争中，淘汰弱者是最合理的选择。所以，狼的食物链也是自然选择的环节之一。虽然有很多狼袭击人的传说，但是，1945年美国鱼类和野生动物服务局报告，25年没有一例狼袭击人的例子。加拿大安大略省《每日星报》的主编吉姆斯·克兰悬赏一百美元，奖励给任何报告狼袭击人的事例，但那个奖从来没有人领过——要知道安大略省南部是世界上狼最多的区域之一。显然，狼袭击人的事例是很少、很罕见的，虽然饥寒交迫时，一群狼遇到一个手无寸铁、无法保护自己的人，会不会袭击那个人很难说。但是，狼是小心谨慎、非常隐秘的动物，他们避免和人接触，他们对人唯恐避之不及。因此，狼下山吃人这种事情，在北美是极为罕见的，几乎没有过，但是，人对狼的袭击却从没停止过。甚至，在研究者已经证明狼是我们生态环境中必不可少的一部分之后，狼还是在被捕杀。如今，狼已经到了被赶尽杀绝的地步，但是，北美的狼才刚刚开始受到保护和关注，生态学家近半个世纪的努力才刚刚开始说服主管政策的人们。

洛佩兹在第一章中表达了一种生态学研究中的新立场，那就是不是把动物当成简单的研究对象，不是人高于狼，不是用所谓的西方科学研究立场来看待狼，而是把狼看成一个独立、自主的存在，认为人和狼的关系是平等的。他对其他生态学家采用的西方人的所谓科学立场持强烈的批判态度。

第二章，洛佩兹带领读者进入人和狼共生的世界，在这个世界里，人与狼有着深深的理解和对彼此的尊重。对生活在大自然中的人来说，狼是生活中与之共存的伴侣。在漫长的历史中，人和狼互相尊敬、相互学习、共处共存。狼如人类一样，有自己的原则、自己的行为道德、自己的尊严。洛佩兹用以下的话开始他的叙述："我想起来，在与狼相识的早期，我对科学极不信任。并不是因为科学没有想象力（虽然完全可以这样定论野生动物生态学），而是因为科学过于狭隘。我遇到很多在我看来十分理性的对狼之所以如此的解释，但是野生动物学家却对那些想法置之不理。"那些被置之不理的想法和解释是那些和狼一起共同生活的人从他们常年累月的生活和实践中得来的。在北极地区生活的爱斯基摩人，观察狼、思考狼，他们对狼的认识和理解远远超过狼生态学家。洛佩兹旗帜鲜明地提出要走向真正了解狼的人，请他们告诉我们他们对狼的认识。洛佩兹接着说，"更大的议题就在此：我们从跟狼有差不多生存条件的、半游牧的人类猎手的生活方式中能学到狼的什么？"北极猎手在狼身上看到的，也许就是我们从北极猎手身上看到的，这两者相辅相成。北极猎手对狼的认识几乎和他们的历史一样悠久，而白人科学家对狼的认识不过几十年。以几十年（很多还是实验室观察来）的知识来归纳狼、总结狼，而不向有实践经验、有几千年与狼共存经验的爱斯基摩人和印第安人请教关于狼的知识，这种研究的荒谬性简直不言而喻。更可笑的是，白人生态学家还在那里起劲地"发现"狼，"这样的事使我很不安，后来，我就更不安了，因为在现代爱斯基摩人的心中，狼是无所不在的。"怀着这种信念，洛佩兹满怀崇敬地叙述了爱斯基摩猎手和印第安猎手心目中的狼。他讲述了一位名叫斯蒂文森的狼生态学家的故事。1970年，斯蒂文森被派到北极去研究狼减少的原因。年轻的斯蒂文森在北极和爱斯基摩人一住就是三年，和爱斯基摩人一起同吃同住，爱斯基摩人喜欢他，把他看成是自己的一员。"他在猎手中研究猎手"，他在爱斯基摩猎手中研究狼猎手。他逐渐学会了以爱斯基摩人的时间和空间行动。他对狼的理解，既富有他所受的学院训练的背景，也有他苏醒的原始感受力。他学到的是什么呢？首先，狼有自己的现实，有自己对现实的理解，这是任何现代科学都无法解释的。很多狼生态学家以为只要有数据就能科学地认识狼，就能最终把握狼的本质。殊不知，世界上并没有一个狼的本质在那里等人去发现。对爱斯基摩人来说，狼是他们生活的一部分。他们打猎的时候，狼也在打猎。爱斯基摩人狩猎的动物、赖以生存的动物美洲麋鹿，也是狼狩猎的动物，狼赖以生存的源泉。爱斯基摩人对待狼就如对待与自己平等的猎手一样，爱斯基摩人也相信，狼对待人也是如此，满怀优秀猎手之间彼此的尊重。正是生存条件、生存源泉和生存方式的相同，使爱斯基摩人对狼的认识有白人生态学家无法洞悉的自然，好像他们是兄弟，"我们无法知道我们不知道的东西，我们只能知道我们的经验和需要允许我们知道的。"狼怎样理解现实？也许通过看爱斯基摩人怎样理解现实，我们可以隐约地看到狼理解的现实。爱斯基摩人在狩猎之后对他们狩猎的动物表示尊敬，他们以各种仪式向被捕杀的动物致敬，并用仪式告祭被捕杀动物的灵魂。对爱斯基摩人来说，猎手必须尊重动物，动物的肉不能被浪费，动物的精神不能被侮辱和嘲弄，猎手和猎物之间通过仪式表达这种共识。如果仪式合适，动物的精神将安全地回归，身体将再生，如此，猎手也会有足够的食物。吃神圣的动物，猎手不仅从中得到力气，也得到精神。这种精神将在饥饿的日子里支撑猎手。狼是否也如此？洛佩兹描述说，狼在捕杀自己的猎物之前，会有几秒与对手相视的过程。他们会互相凝视，目光相对，好像在谈论生死的决定，好像在对彼此表示尊敬。以这种方式，猎手和猎物共同做出决定，神圣、高尚的决定。这种目光锁定的过程，只有狼才有，对狼来说，这是使被捕杀的动物神圣化的过程。好像是说，的确，死亡是悲剧，但是，死亡有自己的尊严。

人们无法从一个更广阔的视角看待动物的原因之一是，我们大多数人都不认为自己是动物，我们都把自己和动物分开，我们不认为自己是动物王国中的一部分。印第安人就认为他们是动物王国的一部分，印第安人认为动物包括狼、熊、老鼠……人也是这动物王国里的一员。

怀着对印第安人的极大尊敬，洛佩兹谈论印第安人心中的狼。对印第安人来说，狼和自己一样，是有部落的。一群狼，就如同一个部落的印第安人，他们共同围猎，共同抚育孩子，他们依靠部落或群体的力量生存下去。在这个意义上，印第安人把狼看成是一种和自己一样平等生活在大地上的动物。狼成了印第安人的"坐标系统"，像镜子一样反映自己的生活方式和原则。对狼与印第安人来说，他们既是个体，也是群体。作为个体，他们强壮有力，能为部落或集体的利益牺牲个人；作为群体，他们不能脱离群体而生存，他们依赖群体的力量存在。在"部落"这个意义上，印第安人和狼很相似：狼为自己群中的狼提供食物（无论老幼病残），狼对教育自己的孩子极为关心，狼保卫自己的领域，印第安人亦如此。在"个体"的意义上，狼的个体能力决定他是否是个好猎手，个体适应性使他在断粮的时候也能生存，印第安人亦如此。白人无法理解印第安人，因为白人把个人动机和社会动机分开，正如白人也无法理解狼。印第安人与自己的环境融为一体，他们的动机、生活方式，对白人来说，神秘而不可理解，就如同狼一样。

在印第安人文化中，模仿狼、与狼关联的印记可以说比比皆是。以狼命名的部落就如同狼本身一样，在美洲大地到处都是，美洲西北地区两个大的部落之一是狼部落，南美洲三个大部落之一的也是狼部落。他们不仅以狼命名，他们也模仿狼，在很多仪式上他们身穿狼皮，在祭祀中以狼的形象出现。对狼的崇拜和尊敬使印第安人不杀狼，许多部落相信杀了狼围猎就进行不下去，他们还相信杀了狼的武器就失效、不能再用了。在印第安文化中难怪有那么多关于狼的勇气的故事。"我们那些几乎已经丧失和动物接触的人，我们那些已经把自己和动物区别开来了的人，很容易忽视我们人类世界深刻反映的自然世界。人和自然的这种相辅相成相依相连的关系，为我们带来了真正的和谐和归属感。"

和谐的丧失是从19世纪开始的。"从历史的角度看，我们所有人都得对狼的消失负责任！当19世纪，印第安人告诉我们狼是兄弟的时候，我们却在另外布道。"以科学的名义，以发展的名义，以恐惧的名义，以恐惧本身，是的，以恐惧本身，成千上万地杀戮狼。这种杀戮，超过了所谓的对野生动物的控制，远远超过了社会学家所宣称的人在压力下会有偶尔的残酷行为。这种杀戮，"是对这种无理的预设的暴力表达：那就是人有权力杀戮其他动物，不是因为这些动物的所作所为，而是源于我们的恐惧——我们怕他们会做什么"。恐惧来源于对野兽的恐惧，恐惧野兽是非理性、暴力、贪婪的动物。恐惧是建立在恐惧之上的。这种恐惧有两个方面。一是自我的仇恨，一是人类对失去居住地（居住地会被其他不强奸、不谋杀、不抢劫的动物占据）的焦虑。这种对野兽的恐惧的内核是对自我本质的恐惧，因为意识到自己的卑鄙、渺小而谋杀在本质上比自己更高尚的动物，狼就是一例。"有时候我想，杀戮狼是如此普遍、全面，而且毫无良心意识，杀戮狼实际上就是谋杀"，洛佩兹愤怒地写道。

对狼的恐惧和仇恨有两个根源：一是宗教性的，那就是把狼看成是伪装的恶魔；一是世俗性的，那就是狼吃人类饲养的牲畜，使人受损失。在更广泛的意义上，这种恐惧和仇恨实际上表达了西方人对所谓的文明的理解。文明就是征服野生的自然，就是战胜"魔"（如我在前一篇文章中说的）。杀戮狼就成为象征，象征着"文明"控制和征服野生的自然，给野生的、没有秩序的自然带来秩序，把"无用"的自然变成"有用"的自然。当然，西方人对自然的态度也有另外一面，那就是把自然看成像神明一样崇高，高高在上，能净化人类的灵魂。《圣经》中的多次出走就是有意识地从罪恶重重的人类社会逃到自然中。人们在城市中被压迫，到田野中寻求与荒野的合一，浪漫诗人华兹华斯、雪莱、风景画家托马斯·莫兰、哈德逊河流派画家等，卢梭、约翰·莫尔和亨利·戴维·梭罗都属此类。西方文明对自然的这两种理解会产生很大冲突，直到今天，这两种哲学思想还时时刻刻在我们的现实生活中体现出来。经济发展论者认为野生荒地和大自然是发展的障碍，环境保护论者认为我们只是大自然的一部分，我们必须保护环境，从而保护我们自己。

对狼的态度，反映出了这两种哲学思想的根源。可悲的是，从19世纪下半叶到20世纪60年代，"征服自然"派在现实中有更大的权力。因为美国正在向西扩展，移民们源源不断地从东向西占地定居，砍伐森林，美洲狼被无情地杀戮。狼，被认为是罪恶的化身，人在狼的身上折射了自己的欲望、贪婪和暴力。狼，手无寸铁，在这场现代战争中，被屠杀殆尽。到60年代末，除了阿拉斯加，美国本土基本上没有野生的狼。是的，没有了。狼，作为北美大地的居住者之一，在西方文明的扩张中，从北美大地消失了。

值得庆幸的是，现在狼被美国国家鱼类和野生动物服务局列为濒临灭绝的动物。在狼生态学家和成千上万的环境保护者的努力下，狼重新回归北美大地。到2002年，美国境内，阿拉斯加除外，有三千七百只狼左右。昨天晚上，我在每个星期的"探索野生世界"的电视节目里，再次看到关于狼的纪录电影。这是一个新的片子，拍摄的是黄石国家公园中狼的生活。在电视中飞奔的矫捷、美丽的狼，成为我们重新理解的狼的象征。


通过理解动物而理解人在自然和社会中的位置，不仅理解动物的思考、情感、行为，也理解我们和动物共同分享的这个物质的、化学的、生物的世界。通过理解动物，我们还有可能与动物产生一种更为深刻的交流。在交流中，动物有自己的意志、自己的意图和力量，能影响我们，能介入和改造我们的生活。

现代西方文化面临的中心任务之一，就是在工业化、在殖民主义时代，或更近以来，在资本主义的盛行时代，重新定义人类这个共同体……越来越清楚的是，把我们从大自然中排除出去，把大自然变成风景和商品，我们把自己从最重要的东西中排除出去了。为了补救已经造成的伤害，我们不能再把自然看成一个客体。我们必须再次和我们的本质相吻合，我们必须把自己和具体的地理位置融为一体，为此我们需要极为深入地学习那些地区，要学比东方或西方科学所教给我们的多得多的东西。我们必须把所学的与我们置身其中的道德宇宙连在一起。我们必须和环境有良好的关系，这种关系将替代现存的对自然进行剥夺的关系。对自然进行剥夺是20世纪西方生活的决定性特征，与之相随的是石油泄漏、化学事故、隐形战争武器般的大型水电设施，以及权势金钱掌控一切的观念。想赚更多钱的富人驱使公司去砍伐森林售卖木材，然后用这笔钱来付贷款的利息。

在今日美国西部许多地区日常生活中，野生动物被认为可以把思想传给人们，可以跟人"对话"。在某种程度上，这是本土印第安人文化对西部某些地区潜移默化影响的结果，这种认识与人类智力的概念并不相悖。在这些地区，野生动物代表了重新认识我们努力建设、发展和提高文明过程中被抛弃的知识。"倾听"动物并不离开人性的领域，是把人性的领域扩大到包含那些不是我们自己声音的领域，达到智慧的领域。注意动物的语言，意味着你进入一个更少分析、更为复杂的意识领域。意识到生活的某些公式是不用解决的，意识到不为这些公式寻找答案比寻找假定的答案需要更多的智慧。在西方的文化，20世纪早期和晚期科学的根本区别十分明显，那就是，在科学话语中"我不知道"这个句子的出现。

在这个意义上，21世纪初，我们是否应该重新思考西方的"赛先生"对中国现代化进程和中国知识分子的深刻影响?

参考文献

[1] Barry Holstun Lopez, Of Wolves and Men. New York: Touchstone, 1995.
[2] Barry Holstun Lopez, The Language of Animals, Wild Earth, Vol. 8, No.2. Resurgence, 192.

**图书在版编目(CIP)数据**

荒原上的芭蕾:动物与人散记/沈睿著.—北京:
商务印书馆,2011
ISBN 978 - 7 - 100 - 08339 - 3

Ⅰ.①荒…　Ⅱ.①沈…　Ⅲ.①随笔—作品集—
中国—当代　Ⅳ.①I267.1

中国版本图书馆CIP数据核字(2011)第091871号

荒原上的芭蕾
——动物与人散记

沈　睿　著

商 务 印 书 馆 出 版
(北京王府井大街36号　邮政编码100710)
商 务 印 书 馆 发 行
北 京 京 海 印 刷 厂 印 刷
ISBN 978 - 7 - 100 - 08339 - 3

2011年7月第1版　　开本889×1194　1/32
2011年7月北京第1次印刷　　印张5¾　彩插24
定价:28.00元